別在我主持的時候過來啊。妳知道什麼是客氣嗎？啊，妳沒聽過？

聲優廣播的幕前幕後

#06 夕陽與夜澄想要長大？

況且妳在這個廣播裡出場
吧。
基本上都在啊。

二月 公　插畫／さばみぞれ

大家，皇冠好！我是飾演海野玲音的歌種夜澄。
Tiara★Stars Radio
大家，皇冠好！我是飾演和泉小鞠的夕暮夕陽。

皇冠☆之星

這部作品是預計在動畫、遊戲以及演唱會等各種媒體上發展的企畫。裡面的主角們是偶像候補生，這是她們為了要獲得頂尖偶像才能夠擁有的稱號「皇冠」而努力的故事。配合這點，現實世界也會舉辦演唱會。

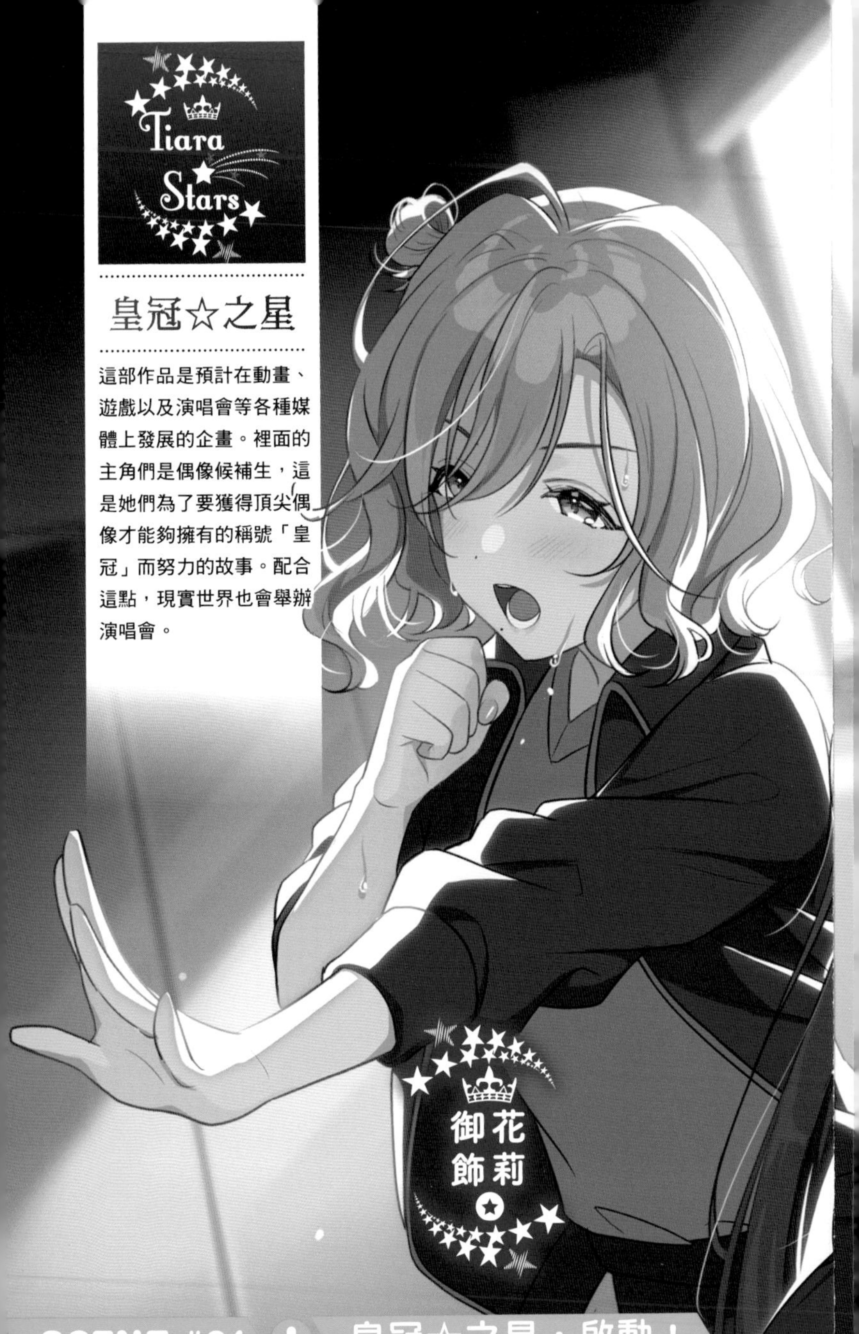

御花飾莉

SCENE #01 皇冠☆之星，啟動！

聲優廣播的幕前幕後

#06 夕陽與夜澄想要長大？

二月 公

插畫／さばみぞれ

Kadokawa Fantastic Novels

皇冠☆之星☆廣播！

第1回　～夜澄與芽玖瑠的初次廣播～

第2回　～夜澄與薄荷的後輩廣播～

第3回　～夜澄與飾莉的暖心廣播？～

第5回　～夜澄與花火的皇冠好！～

第6回　～夜澄與夕陽一如往常的廣播？～

第7回　～夜澄與芽玖瑠的危機廣播？～

夕陽與夜澄的高中生廣播！

第59回　～夕陽與夜澄的校外教學～

第63回　～夕陽與夜澄想要長大～

聲優廣播的幕前幕後

Tiara★Stars★Radio 第1回

「「皇冠☆之星☆廣播——！」」

「好的，總之呢，『皇冠☆之星☆廣播』第1回開始了！我是擔任本節目的主持人，飾演海野玲音的歌種夜澄——然後呢然後呢——？」

「好的～大家好大家好～我是飾演小鳥遊春日的柚日咲芽玖瑠～呃——本節目是為了給各位帶來各種關於『皇冠☆之星』的資訊而開始播放的！」

「這部作品將會廣泛推出動畫、遊戲、演唱會以及各種活動等，所以我們希望在這裡將最新消息告訴大家！」

「每回擔任主持人的聲優也會交棒，敬請期待！」

「……就是這樣。這次是我和柚日咲小姐兩個人來負責。」

「哎呀，開始了呢（笑）不過，我和小夜澄一起在廣播節目共同演出了好幾次，已經滿習慣了呢。」

「啊——是啊～我記得有一陣子還一直與柚日咲小姐互動呢（笑）今天不用做那個嗎？就那個轉啊轉～？」

「喂，別調侃我啦。竟然調侃前輩的廣播問候語。怎麼可能在其他廣播做自家的問候語啊。」

「那麼就由我來好了。各位，轉啊轉～我是歌種夜澄——」

「怎麼是妳做啊？」

「不做一下感覺像是假的……總之先不開玩笑了。就像這樣，主持人也會有各式各樣的組合，希望大家務必能每週收聽。」

「啊，提到問候語，我就順便說一下吧。聽說正在募集這個廣播節目的問候語喔。如果有不錯的點子還請各位寄來～」

「這就是聲優廣播裡很常見的那個，容易定下奇怪的問候語呢。」

「別用奇怪來形容啦。妳要慎選詞彙。另外，比如希望節目做些什麼的要求或是對作品的感想之類的，也希望大家能盡量寄來。我們等著看到各位的大量來信喔～」

「拜託了～哎呀～雖然也很期待作品會如何發展，不過能和形形色色的聲優接觸也很教人開心～想著下次會和誰一起主持就非常期待呢。」

「是啊。因為沒有固定的主持人，所以每一回應該都會營造出完全不同的氣氛。」

…………

「比方說新人之類的，根本想像不到會變成什麼樣子呢。但是，我個人而言應該是那個吧。想到今後可以和柚日咲小姐有更多互動，就令人開心呢～」

「哦，怎麼怎麼？妳還會做出這種很像可愛後輩才會有的行為啊。我也覺得能跟小夜澄一起做點什麼很令人開心，而且這次的廣播也——」

to be continued……

「ＯＫ了。」聽到這句話，佐藤由美子摘下了耳機。

她呼一聲吐了口氣。

在眼前的是熟悉的景象。

桌上擺著麥克風、開關盒、劇本、時鐘、碼錶以及飲料。

在玻璃對面，幾名工作人員正對著機材工作。

這裡是錄音室的廣播用錄音間。

直到剛才，由美子都在這裡進行錄音。

廣播的搭檔就坐在自己的眼前。

如果是平常的錄音，對方會是那個熟悉的對象。

看不順眼的陰沉女。

然而，今天的搭檔是——

「……唉。沒想到竟然又得淪落到和妳主持廣播啊。明明上次幫妳擦屁股就已經夠我受的了。」

隨著一聲重重的嘆息，她用手托著下巴。

小巧的臉蛋、圓潤的眼眸、嬌弱的肩膀、豐滿的胸部。

富有光澤的柔順頭髮是剛好及肩的長度。

那位女性有著十分可愛的外貌，再加上身材嬌小，整個樣貌會激起別人的保護欲。

不過她的內在絕不是那種受人保護的乖乖牌。

這人是隸屬於藍王冠的聲優，柚日咲芽玖瑠。

她確實地把開關盒靜音，抓準編劇不在的時間點挖苦由美子。這種無懈可擊的行為模式很有她的風格。

以前，這樣的芽玖瑠看起來充滿了壓迫感。

但是，現在由美子甚至因為自己能看到她這副模樣而感到開心。

眼見由美子的反應，芽玖瑠露出了疑惑的眼神說道：

「怎麼了？一個人在那邊傻笑。這樣很噁心耶。」

「沒有啦。我在想小玖瑠就是該這樣，重新意識到我就是喜歡妳這種地方。」

由美子老實回答，芽玖瑠聽完頓時瞪大了雙眼。

她那裝模作樣的表情垮掉，臉在瞬間染上了紅暈。

芽玖瑠好像對此有所自覺，慌張地把頭轉向旁邊。

她立刻恢復剛才冷靜的表情，繼續說道：

「妳妳、妳、妳、妳妳、妳白痴啊……說、說什麼喜歡，聽了感覺只會讓人傻眼……」

「妳也太動搖了吧。」

由美子忍住笑意，心想這人真的好可愛。

然而，即使錄音以外是這種狀態，一旦指示要開始錄音，她就會搖身一變成為可靠的前輩。

她是非常出色的廣播主持人。

錄音的時候要是一個恍神，就會變得只能順著芽玖瑠的話走。

歌種夜澄的聊天技能遠遠比不上柚日咲芽玖瑠。

所以必須偷學她的技術，盡可能地跟上她。

——這就是由美子下定決心的現狀。

她與芽玖瑠兩人之所以在這錄音間，是因為「皇冠☆之星」這部作品。

此時由美子突然想到——當時那傢伙也說過類似的話呢。

「呵。」

由美子坐在搖搖晃晃的電車上，同時偷偷笑了笑。

這是因為她從書包悄悄拿出了資料，確認了上面的封面。

「皇冠☆之星」。

前幾天，經紀人加賀崎林檎告訴她通過了試鏡。

這部作品是預計在動畫、遊戲以及演唱會等各種媒體上發展的企畫。

登臺機會必然會隨之增加。

這是個睽違已久的大工作。

對於工作不多的由美子而言，對這部作品有著很高的期待。

同一天被通知合格的「魔女見習生瑪修娜小姐」由於製作時間緊湊，有化為修羅場的危險，但這邊感覺不需要像那樣擔心。

而今天，就是要去商討「皇冠☆之星」的相關事宜。

雖說主要是談演唱會，但感覺也會聊到企畫的未來或是行程之類的事情。

空白的行程表將會逐漸充實起來。

這也難怪她的臉上會散發笑容。

「妳怎麼一個人在那邊傻笑啊？這樣完全就是個可疑人物喔。」

聽到這樣的聲音突然從天而降，由美子的身體微微一顫。

不知道是什麼時候來的，一個熟悉的人就站在自己眼前。

平常她根本不會主動搭話，可是一旦有機可乘就會這樣。

渡邊千佳。

藝名：夕暮夕陽。

她是隸屬於藍王冠的聲優。

同時也是由美子同一間高中的同班同學。

長到蓋住眼睛的瀏海，制服也絕對是穿得整整齊齊，這種認真的風格看在旁人眼裡，會覺得她只是個不起眼的女高中生。

然而，只要她一出聲，就會展現出讓人完全不認為是新人的精湛演技。

只要調整一下髮型和妝容，就會變身為人見人愛的美少女。

這就是她，夕姬，也就是渡邊千佳。

另一方面，由美子也同樣穿著制服，但與千佳完全相反。

柔軟蓬鬆地捲起來的頭髮，在耳垂上閃爍光芒的耳環，心形項鍊以及迷你裙。

再加上搶眼的美甲片與妝容，不管在誰眼裡都是辣妹。

但是，由美子也與千佳一樣在從事聲優的工作。

佐藤由美子。

藝名：歌種夜澄。

她是隸屬於巧克力布朗尼的聲優，已經邁入第四年，但目前正在煩惱將來的出路。

由於千佳已經決定上大學了，所以她們兩人什麼都是完全相反。

這樣的兩個人由於碰巧就讀同一間高中又剛好同班，所以擔任了「夕陽與夜澄的高中生廣播！」這個節目的主持人，最近共同演出的機會也莫名地多。

不論好壞，兩人都與彼此很有緣分。

千佳低頭看著由美子，忽然笑了笑。

「妳是太常向周圍的人強調自己很開心，結果表情變不回去了嗎？先說聲抱歉，在妳自得其樂的時候潑妳冷水，但這樣周圍的人會害怕的，勸妳最好別這樣。」

「那我問妳，渡邊同學，妳總是板著一張臉，難道臉上部件的位置都固定了嗎？畢竟妳在學校時一輩子都是那張臉嘛。因為妳變化太少，還有人說妳是雕像呢，我勸妳還是注意一點比較好喔。」

「啥？」

「啊？」

正當兩人劍拔弩張地鬥嘴時，電車到站了。

有幾名乘客下車，由美子旁邊的人也站了起來。

隔板與由美子之間空出了一個人的位置。

千佳朝那裡瞥了一眼。

「妳就坐下吧？」

「…………」

聽到由美子這句話，千佳的表情稍稍猶豫了一下，但最後還是默默照做了。

她拘謹地坐在空著的地方。

下一刻，由美子很快地把身體靠向千佳，把她夾在自己與隔板之間。

「喂！好重好窄好難受！妳要是開始透過物理方式找碴的話，就真的沒救了喔！終於變成野蠻人了是吧！我真的很討厭妳這種地方！」

「沒有啦，因為人很多嘛。妳就忍耐一下吧，姊姊。啊——人好多～」

千佳的身體很嬌小，所以很簡單就能擠過去。

雖說她正拚命地用嬌弱的手臂試圖推回去就是了。

進行了一陣子的攻防後，最後還是被推開，於是由美子老實地放棄。

千佳大口喘著氣，以銳利的眼神瞪向這邊。

喔喔，真可怕。

「難道妳就沒有尊嚴嗎？想反擊的話就用嘴巴啊。」

「剛才還用奇怪的姿勢被壓在那的人突然說尊嚴什麼的，也沒說服力呢。」

由美子重現了千佳被壓扁的姿勢，千佳頓時氣得橫眉豎目。

她順勢好像要說些什麼，但是停下了動作。

千佳的視線望向了由美子的手邊。

「啊……妳是看到那個才在傻笑啊。」

資料雖然已經收進了書包，但還是被她看到了。

由美子被她說中心事，臉頓時燙了起來。

然而，刻意否定這點感覺也只會讓自己更加羞恥，所以由美子不以為意地回說：

「有什麼關係。這是份大工作，也是我想做的工作。會高興也是在所難免的啊。」

意外的是千佳聽了之後似乎接受了這個說法，沒有要嘲諷她的意思。

這個反應讓由美子感覺千佳很遊刃有餘，頓時很不是滋味。

於是她逼不得已地加了一句話。

「不過，跟妳共同演出倒是挺麻煩的。」

「哎呀哎呀，這句話真弱呢。妳顯然是為了掩飾害羞才找我吵架吧。害羞的話明明別說不就得了。」

「唔咕……」

由美子再次被說中心事，臉變得更燙了。

因為千佳還聳了聳肩，讓由美子更是火大。

不過，就算繼續再說下去，也很有可能只是自取其辱。

由美子在無可奈何之下，沮喪地作罷。

——由美子得知自己與夕暮夕陽共同在「魔女見習生瑪修娜小姐」演出的同時，也知道在「皇冠☆之星」也會共同演出。

夕暮夕陽與歌種夜澄的演藝經歷相近，年齡也相同。

會這麼頻繁地共同演出也並非那麼罕見。

加上「皇冠☆之星」優先選用年輕人或者新人，所以這種現象更是自然。

但是——

在這個狀況下，兩人同時被選用有著重大的意義。

由美子不想讓人千佳覺得自己對此很雀躍。

但是她想分享這份心情，所以開口說道：

「噯，渡邊。我覺得『皇冠』是份挺大的工作。」

「嗯？……哎，算是吧。動畫配音、歌曲錄製、遊戲錄音……還有廣播節目。是份大工作呢。」

千佳掰著手指頭算了算。

只是列出這些，就差點忍不住傻笑起來。

不過，現在由美子想說的並不是這個。

「還有活動……和演唱會吧？」

「皇冠☆之星」這部作品是所謂的偶像劇。

裡面的主角們是偶像候補生，這是她們為了要獲得頂尖偶像才能夠擁有的稱號「皇冠」而努力的故事。

配合這點，現實世界也會舉辦演唱會。

由美子她們作為聲優，要代替角色登臺表演。

穿上光鮮亮麗的衣裝，用角色的聲音載歌載舞。

在螢光棒所散發的光芒包圍下，沉浸在歡呼聲之中。

換句話說──

「就像是偶像聲優呢。」

「…………？嗯，是啊。畢竟有演唱會，而且全是年輕聲優，自然會有這樣的感覺……妳是因為這樣而開心的嗎？」

千佳對由美子露出疑惑的眼神。

雖說名為偶像聲優，但其中蘊含了各種含意，很難一概而論。

但是，一旦只抽出「年輕的新人聚在一起辦演唱會」這個部分，就會給人「很像偶像聲優」的印象。

所以觀眾會期待她們做出什麼樣的行為，自然是不言而喻。

由美子並不是單純對這件事感到開心。

她之所以開心是因為──

「我開心是因為，我們現在也已經能獲得這種工作了呢。」

「……啊。」

千佳好像理解了。

她微微吐出一口氣，重新往椅子裡面坐。

臉上浮現略帶諷刺的笑容。

「如果是之前的我們，絕對不會接到這種工作呢。」

『唔——不過妳想想看。歌種小姐與夕暮小姐呢，不是稍微出過一點包嗎？太常讓她們拋頭露面，到時被人閒言閒語的話也會很困擾吧？』

曾經有人這麼說過。

在「紫色天空下」的錄音現場，製作人們曾在背地裡這樣說過。

在她們不知道的地方，肯定會被說得更加難聽。

在夕暮夕陽的陪睡嫌疑事件之後。

無論是由美子還是千佳，都有一段時間得不到能公開露面的工作。

由美子覺得站在製作方的立場思考的話，這種選擇也是理所當然的。

才剛出現過負面爭議的人才，沒那麼容易放回原本的地方。

由美子雖然很清楚這點……

『影響多到讓人嚇一跳呢，畢竟工作減少了很多嘛。類似偶像聲優的工作不用說，動畫和遊戲的工作也一樣。很多還沒公開的作品都被對方主動拒絕了。』

當時連倔強的千佳也不由得講了喪氣話。

由美子對此非常有印象。

因為這件事深深地刺進了她的心裡。

自己是不是闖下了非常嚴重的大禍——的這種恐懼。

千佳墜落到與自己相同的位置——這種負面的喜悅。

而現在，說不定已經可以擺脫這些想法了。

說不定可以向前邁進了。

但是，她當然也知道有些事情是不能誤會。

「我是不會覺得粉絲原諒了當時的事情啦。不過，製作方現在應該會比較網開一面了吧。這樣一想，果然……還是很讓人開心嘛。」

缺少的東西回來的這種感覺，果然教人開心。

尤其是由美子，她很喜歡在演唱會上又唱又跳的這種工作，因此這種感觸更加強烈。

千佳眨了眨眼一陣子，隨後靜靜地轉向前方。

她閉著眼睛，淺淺地哼笑一聲。

「是啊。我也有點開心呢。」

「…………」

由美子目不轉睛地盯著那平靜的側臉。

千佳或許是很在意由美子為何沒有回應，猛然睜開了眼睛。

兩人在近距離四目相接。

千佳立刻皺起了眉頭。

「……怎樣？」

「……沒。因為姊姊妳講得莫名坦率嘛。」

「先變坦率的應該是妳吧？」

是這樣嗎？

或許是吧。

出乎意料的是當自己坦率地吐露心聲，千佳也會願意回應。

這讓由美子感覺很害羞，很難為情。

儘管這種事很難做到就是了。

「………………」

一個想法忽然從內心深處浮現出來。

如果坦率地發問她就會回答的話，那倒是有件事想問問。

從前，夕暮夕陽——不，渡邊千佳說過：

『我已經受夠當偶像聲優什麼的了……』

那時她不認為當偶像聲優是件好事。

她發著牢騷說，打扮容貌、在大眾面前又是唱歌又是跳舞，那種事情不是聲優的工作。

她甚至說過了好幾次，說自己想專注在只配聲音的工作。

後來，她說過「真的只有一丁點，有時也會覺得當偶像聲優也挺快樂的」，把內心想法的轉變告訴了由美子，但現在究竟是怎麼樣呢？

那時候，她還說過「欺騙粉絲這點依舊沒變，所以我還是希望能早點收手」。

如果是已經不會那樣的現在。

如果是已經從那種罪惡感中解放出來的現在。

——但是，問不出口。

要是她現在依然說「我做得很不情願」。

那樣一來，自己果然會受到打擊。

不過，由美子也不知道自己為何會因此受到打擊。

「但是，佐藤。」

或許是因為由美子保持沉默，千佳開口了。

她聳著肩，同時說出了略帶嘲諷的話。

「雖說開始接到這類的工作是好事，但要是站到觀眾面前就不一定了喔。也有可能會聽到噓聲，被人說『下去』。況且作為抑制力的櫻並木小姐也不在。」

「到時候若是真變成那樣也沒辦法啦。我願意接受這樣的對待。我只會覺得『我還需要努力呢——』。」

「是啊。既然妳這麼想的話就好了。」

千佳露出平穩的笑容。

沒錯。

即使粉絲和業界忘記，身為當事人的自己也不可以淡忘那件事情。

畢竟她們因為自己的理由，毀掉了呈現給粉絲的幻想。

她們決定了要永遠記著這件事。

「不過……現在必須擔心的可能不是外部，而是內部呢。」

由美子這樣低喃。

演唱會本身是在幾個月後。

但是，身邊的現實問題已經逼近眼前。

千佳或許是對此有些想法，不禁露出憂愁的表情，把手放到了下巴上。

「佐藤，妳認識其他主要演員嗎？」

「不認識。妳也是？」

「我也是。所以，嗯。有點不安。」

千佳輕輕嘆了口氣。

千佳的不安很合理。

今天還要與其他主要演員見面。

要見的是同一組合的三名聲優，可是……

「有兩個入行第一年的完全新人……果然很令人不安呢……」

組合裡有兩個菜到不行的新人。

另一位成員是前輩，但年齡比由美子她們還小。

儘管由美子理解企畫方想選用新人和年輕人的意向，但依然有點不安。

因為，她想起自己剛出道的時候對什麼都一竅不通，總是把事情搞砸。還給周圍的人添了許多麻煩。

這次說不定要輪到自己協助新人，而且還是兩個人。

究竟能不能在這個狀態下完成活動、演唱會、錄音等各種工作呢……

再加上——

「渡邊，感覺妳很不擅長應付新人呢——」

由美子坦率地把內心的想法說出口，千佳聽到後頓時面露難色。

她不擅長與人來往，很難想像她有辦法自然地應付緊張的新人。

千佳輕輕搖了搖頭，說著「又來了又來了，又開始妳最擅長的展示優越感了」，然後哼了一聲。

「那又怎麼樣？自然地跟新人對話是必修課程嗎？那就應該加進義務教育啊。妳就跟教育委員會建議，以後第六節上道德課的時候要學習跟新人的說話方式啊～」

「因為在課堂上沒學過就沒辦法和新人說話，妳還真是可憐。」

「等一下，別憐憫我啊。至少像平常一樣嗆回來啊。」

「我會稍微教妳一些的，妳就一個一個學起來吧。我來當妳的教育委員會。」

「噯！別這樣啊！不要露出那種溫柔的眼神！我真的很討厭妳這種地方！」

由美子看著開始吵鬧的千佳，頓時感到不安。

不過，也沒有那麼嚴重。

「好啦，先把玩笑放一邊吧。」

「別把人家的道德亂放。」

「其實不用那麼擔心，總會有辦法的吧。畢竟我身邊有夕暮夕陽。」

如果只論聲優，沒有人比夕暮夕陽更可靠。

只要千佳在身邊，由美子就認為總會有辦法迎刃而解。

因為從以前就是這樣一路走來的。

所以由美子並沒有把這件事想得太嚴重，但千佳本人卻是瞪大了雙眼。

「怎麼，渡邊？表情那麼奇怪？」

「不，那個……我是知道妳很依靠我，不過妳說得那麼直接，就，那個……」

「啥？……啊。」

這時，由美子總算注意到自己的失言。

怪不得千佳忸忸怩怩的，看起來一臉尷尬。

假如被人直截了當地說「有妳在的話就沒問題了」，這樣任誰都會害羞。

當然了，由美子並沒打算說出這麼害臊的話。

只是一時說溜嘴而已。

話雖如此，要是現在拚命否定也很難為情。

於是——

「怎、怎麼，姊姊？這種話就讓妳害羞了？我、我只是稍微依靠妳一下，沒、沒必要露出那種表情吧。」

「……妳聲音都變尖了啦。隨便掩飾害羞反而只會更難為情。麻煩妳不要共感性羞恥騷擾。」

「…………」

聽到千佳冷靜地指出這點，由美子的臉變得更紅了，害她頓時沉默了下來。

在這片尷尬的沉默中，電車到站了。

「皇冠☆之星」的籌備會議在製作公司的一個房間裡舉行。

不愧是大型遊戲製造商，巨大的高樓直入雲端。

由美子自開始當聲優之後，也經常進入這種類型的大樓，可是一旦沒有大人，她就會不敢踏出那一步。

「？怎麼了，佐藤？快點，要走嘍。」

但千佳或許已經習以為常，她毫不猶豫地跨出大步走進了入口。

她這種地方真的很可靠。

由美子內心湧起這種想法，跟千佳一起辦理來訪登記，然後被直接帶到了會議室。

開門之後，最先映入眼簾的是巨大的窗戶。

一整面窗戶都呈現著外面的景色，納入了大量的陽光。

這個會議室並不寬敞，卻讓人完全沒有那種感覺。

會議桌旁邊配置了看起來很昂貴的椅子，裡面甚至還有螢幕。

由美子頓時被這股成熟的氣場給吞沒了。

該怎麼形容呢，是氛圍很時髦嗎，還是說好像會有高層的人在使用呢……

正當由美子畏縮不前時，站在入口附近的女性注意到了她們兩人。

眼見熟識的人充滿精神地過來打招呼，由美子的內心不禁輕鬆了一些。

「啊！歌種小姐與夕暮小姐。妳們辛苦了～」

這位女性笑咪咪的，滿面笑容。

她是「皇冠☆之星」企畫的製作人。

榊小姐。

她身穿襯衫搭配顯瘦的褲子，看起來沒有特別打扮，卻又莫名地帥氣漂亮。

想必是因為手錶和耳環這些小飾品的品味很好吧。

這位製作人除了姣好的容貌之外，對工作也非常有熱情，只是個性有點古怪。
她當時也出席了那場試鏡。
由美子與千佳一起回應了製作人的問候。
隨後，其他人也好像呼應這樣的動作般不斷過來打了招呼。
一開始是坐在椅子上的兩位女性。
其中一位的年紀大約二十五歲上下。
她打扮得比較穩重，但感覺不太知道自己該做什麼，顯得心神不定。
另一位是年輕的女孩。
她的外表顯得比較文靜，非常自然地坐在那。
因為是沒看過的面孔，想必就是剛才提到的那兩位入行第一年的新人吧。
「現在就只剩雙葉小姐了。我想她再過一會兒就來了，妳們兩位也先坐下來等她吧？」
榊伸手示意了空著的座位。
由美子依言，跟千佳一起就座。
她們坐在兩位新人的旁邊。
下一刻，那位感覺比較成熟的女性立刻開口說道：
「那個，初次見面。我隸屬於習志野製作公司，名字是羽衣纏。請多指教。」
這位女性顯得比較纖弱，給人一種夢幻的氛圍。

她穿著白色上衣與白色的修身褲。

妝容也比較淡，整體上是個讓人感覺不到顏色的女性。

她身材高挑，體型纖瘦，所以感覺就像模特兒一樣。

聽到習志野製作公司，由美子不禁想起了大野和森。

她與那兩個人在同一間事務所，讓由美子有點羨慕。

「初次見面～我是御花飾莉，隸屬於茶杯。請多指教～」

接著說話的是有著著柔和氛圍的女孩。

白色的上衣配上粉色的百褶裙。

裙子跟由美子的差不多短。白皙的腿上包裹著高筒襪。

長相有點傻裡傻氣，但她透過仔細且精湛的妝容把自己打扮得很可愛。

她那圓潤的眼睛正滴溜溜轉著。

頭髮也與她散發的氛圍相同，十分柔軟，是個給人感覺輕飄飄的女孩。

「我是隸屬於藍王冠的夕暮夕陽。請多指教。」

「我是隸屬於巧克力布朗尼的歌種夜澄。請多指教——」

由美子與千佳報上自己的名字後，眼前的兩人便微微睜大了雙眼。

現在的由美子和千佳是從學校直接過來的打扮。

她們不是媒體上會看到的聲優打扮，也許是因此嚇到了對方。

不過，這兩個人沒有談論這點，而是有些無所適從地看向了房間的出口。

不知道在這段等待的時間裡該做什麼才好。

可以看出她們有這樣的感覺。

「那個，聽說兩位是入行第一年？」

當由美子以開朗的聲音主動攀談後，身旁的千佳明顯愣了一下。

纏不知所措地凝視著由美子，而飾莉則是爽朗地笑了。

「就是啊～其實就預定上來說這是出道作品。所以，我現在也非常緊張。」

「啊，是出道作品啊！哦──……啊，講話不用太客氣喔。還有，叫我夜澄就行了。」

「咦，真的嗎～？嘿嘿──那我就叫妳小夜澄嘍～小夜澄，妳該不會是剛從學校過來的？妳好像才十八歲對吧。啊，我是十九歲～」

「不是喔，我才十七。十月就十八歲了。小飾莉是本地出身的嗎？還是說……」

眼見由美子和飾莉嘰嘰嘎嘎地閒聊，纏尷尬地喃喃說了一句「好年輕……」。

後來由美子才聽說，羽衣纏的年紀是二十五歲。

那句嘟囔雖然應該是在自言自語，但由美子也跟纏搭話了。

「纏小姐，妳也一樣『皇冠』是出道作品？是本地人？」

纏露出驚訝的表情，不知所措地回答：

「啊，呃，是的。我也一樣，這部是出道作品。我是名古屋人，來東京後……」

「咦——名古屋！我想聊聊有關名古屋的話題呢——那個，難得一起工作，下次我們去吃飯吧——啊，纏小姐對我講話也不用太客氣喔。」

由美子不斷拋出話題。

畢竟她們倆看起來都是好人，由美子想跟她們打好關係，便問了很多事情。

接著，千佳用只有由美子能聽到的聲音喃喃說了一句：

「竟然還擺出前輩的架子，唉。」

由美子不是很喜歡她那傻眼的語氣，猛然把臉湊近千佳。

「怎麼，妳有什麼意見嗎？」

「沒什麼。只是妳前輩架子擺得太大，害我很在意瀏海有沒有被弄亂而已。」

「妳對頭髮沒有講究到會去在意亂不亂吧。還是說，妳是因為臉被人看到才在那害羞？畢竟小千佳很內向的嘛～因為是初次見面，沒辦法好好跟人家講話是不是呀～」

「……嘖，又來了。我真的很討厭妳這種地方。畢竟在妳的國家是只看有沒有跟後輩搭話就能決定優劣嘛。這種教育真可怕，嚇死人了。」

「這傢伙……聽好了。她們說這部是出道作品，所以我才想稍微幫她們舒緩一下緊張感啊。是說，妳平常都挺著那沒料的胸部說什麼『演藝經歷第五年』，現在就做點像前輩的事情如何？」

聽到由美子在自己耳邊提醒，千佳就露出了尷尬的表情。

誰都曾因為出道作品而感到緊張，千佳對此應該也有印象。

她或許是覺得這番話有道理，便隔著由美子的肩偷看後輩。

她面露緊張神色，準備開口——卻又閉上了。

她把嘴開開合合了半晌，然後將臉藏到了由美子的肩膀後面。

「這、這種事就交給妳……仔細想想，我當聲優是第三年，妳的胸部也有料可以挺。」

「這跟奶量無關吧？」

由美子原本就沒有指望千佳，畢竟她從未做過這種事。

不過，她也無法想像千佳和顏悅色地跟後輩聊天的畫面。

畢竟連面對那個友善化身的高橋結衣，千佳都沒辦法好好交流。

「……兩位真的是這樣的關係啊。」

由美子聽到聲音後把視線轉了回來，便看到飾莉露出了詫異的表情。

她說了令人匪夷所思的話。

「唔。小飾莉，這是什麼意思？」

「咦，因為，我也知道高中生廣播呀～兩位是就讀同一間高中，又剛好同班吧～？我就想說妳們關係真的很好～我也聽說前陣子發生了不少事呢。」

「…………」

由美子跟千佳頓時面面相覷，露出了難以言喻的表情。

節目的知名度提高是讓她們很開心。但是連後輩都知道那些事，這樣該不該開心呢？纏好像不清楚詳情，只是說著「咦，同一所高中嗎……？」瞪大了雙眼。

「…………？」

由美子本想跟纏解釋，但又有些在意飾莉剛說的話。

然而，在她釐清這樣想的理由之前，這個疑問就在腦海中煙消雲散了。

因為飾莉迅速改變了話題。

「話說，小夜澄和夕暮小姐，妳們認識『小薄荷』嗎～？」

或許在某種意義上，會提到這個話題也是必然的。

組合的成員有五個人，在場的是四個人。

所以還有個尚未抵達現場的最後一人。

雙葉薄荷。

她的存在感非常巨大。

「我沒見過呢。今天是第一次喔。」

「我也是。」

由美子和千佳這樣回答後，飾莉露出了笑容：

「是這樣啊～那會不會很期待呢？我是重播的時候看了『獅屋夜鳴』那些作品～如果拜託的話，她會不會給我簽名呢～？」

看到飾莉天真地為此感到雀躍，由美子不知道該怎麼回答。

自從進入這個業界之後，由美子曾好幾次在面對名人的時候感到心動。

比如她憧憬的泡沫美少女聲優森香織和大野麻里，第一次見到的時候也是非常感動。

還有夕暮夕陽，她在見到本人之前也很期待。

從以前就聽過名號的聲優極其自然地站在眼前，由美子也曾為這樣的狀況感到興奮。

然而，「小薄荷」的類型不一樣。

與對聲優懷有的憧憬，又是截然不同。

下一刻，她本人的聲音傳了過來。

「辛苦了！」

一位少女發出爽朗的聲音進入房間，對榊漂亮地行了一禮。

包括由美子在內的四個人，同時將視線朝向那邊。

她從彬彬有禮的鞠躬姿勢抬起頭，長髮隨之微微晃盪。

最為搶眼的，是她那嬌小的身材。

與另外四人的體態截然不同。

腿很細，手臂更細。全身都不顯得圓潤。

膝蓋從輕輕搖晃的連身裙底下露出，但立刻又藏了回去。

每根頭髮都是又細又柔順，在腰後擺盪。

她手扠著腰，「啊」地喊了一聲。

「我是最後到的嗎？大家都來得好早呢。我也有打算提早到的說。」

她的語氣莫名沉著，以一種不做作的態度登場。

眾人對此不由得湧起了不協調感。

她的身高比小個子的千佳還要矮一截。

然而，這個身高也是正常的。

「雙葉薄荷，隸屬於大吉演藝。請各位多多指教。」

雙葉薄荷。

十一歲，小學五年級。

演藝經歷——第八年。

她的演藝經歷比第四年的由美子多出一倍。

三歲時就在電視劇「獅屋夜鳴」出道，被捧為天才童星的少女，這就是雙葉薄荷。

同一時期，她也在「噗噗山的噗子」這部作品擔任聲優，最近幾年她似乎只專注在聲優活動。

儘管外表稚嫩，但表情十分成熟。

她雖然是小學生，長相卻特別漂亮，讓人有種將來長大一定會成為美女的預感。

與由美子知曉的「小薄荷」相較之下，眼前的她成長了許多，變得更加成熟。

「這、這麼大了啊……」

纏就像是忍不住說出來那般喃喃自語。

音量小到只有這邊能夠聽見。

然後，飾莉也不禁眨了眨眼。

「呃……好像跟我想像的不一樣……？」

她說話的音量也是小到只有由美子她們能聽見。

也難怪她會有這種感想……應該說，在某種意義上非常像個新人會有的感想。

飾莉之所以會感到困惑，想必是因為媒體上看到的薄荷與眼前的薄荷完全不一樣吧。

『我是雙葉薄荷！謝謝大家的支持！今天呢，我要宣布一件事，請大家聽我說！』

在由美子記憶當中的雙葉薄荷彬彬有禮，是個非常乖巧的孩子。她既像個孩子一樣天真無邪，也有動不動就緊張的那種可愛一面，就是那樣的一個小學生。

但是，現在的薄荷比在場的任何人都從容自在。

演藝經歷八年果然並非徒有虛名。

由美子也不是不能理解為何會對這種反差感到不知所措，不過……

「這種事情很常見，很快就會習慣的。」

「是、是這樣嗎……？」

她小聲告訴飾莉，飾莉的表情卻顯得更加困惑。

千佳在嘆了一口氣的同時補充說明。

「畢竟我和夜以前也是隱藏本性。不論藏得多或是藏得少，這樣的人應該不在少數喔……不過，我覺得小孩子就有那個水準是很少見的。」

就算有著不同於媒體上的面貌，其實也沒什麼好奇怪。

歌種夜澄和夕暮夕陽就是其典型，柚日咲芽玖瑠也是一樣。

如果是做這類工作的人，每個人都會區分好幕前與幕後的一面。

這種事情很常見，所以事到如今也沒人會在意。

不過第一次進行聲優工作的飾莉和纏好像對此無法釋懷就是了。

「好啦。既然所有人都到了，就開始籌備會議吧！」

製作人榊一臉開心地拍著手，坐到對面的座位上。

薄荷在千佳旁邊就座。

由美子悄悄看向另外四人。

「皇冠」接下來不僅有動畫的配音，還有活動及演唱會等各式各樣的工作，都要由這五個人一起進行。

有兩個入行第一年的超級菜鳥，以及雖然有八年演藝經歷卻還是小學生的薄荷。

即使如此，由美子還是認為「總會有辦法的」，因為夕暮夕陽就在身邊。

「關於企畫怎麼進行，行程要如何安排呢，我先在這裡告訴大家。啊，包括調整行程在內的事情我已經先跟經紀人商量過了，不過今天也算是順便讓大家見個面。不要見怪～」

榊一邊用輕鬆的語調說明，同時發下資料。

由美子、千佳與薄荷立刻拿出了筆。

纏和飾莉慢了一拍後也做出相同的動作。

「『皇冠☆之星』會從發布手遊開始，然後是播放電視動畫，夏天預計會舉辦兩場演唱會！另外還有廣播。遊戲的錄音與歌曲錄製的部分也會馬上開始。不過，我想各位已經了解這些行程了。」

由美子聞言後點了點頭。

加賀崎已經調整了行程。

「演唱會在七月和九月會有兩次公演。然後，關於這個演唱會……大家都覺得是在場的五個人一起出場對吧。」

聽到榊這句話，千佳露出疑惑的表情。

由美子也歪了歪頭表示不解。

最先開口的人是飾莉。

「不是這五個人嗎～？動畫裡是在場的成員組成組合，遊戲的初期組合也一樣吧？呃，我記得是叫『獵戶座』來著？」

聽到飾莉的問題，榊點了點頭。

「沒錯。在動畫裡會描寫到主角們組成了『獵戶座』這個組合，後半有競爭對手的組合『貫索四』登場，主要故事是在描寫兩個組合之間的對抗。」

到這裡還好。

畢竟資料上寫了一定程度的動畫文案，她們也掌握了劇情大概的走向。

正因如此，她們才覺得是這五個人一起上演唱會，可是榊卻說並不是這樣。

難道是除了主角們的組合「獵戶座」以外，還有其他組合參加嗎？

「難道說，『貫索四』的成員也會參加演唱會嗎？」

由美子舉手這樣發問。

如果是的話就代表人數變多，自然會很豪華，而且有前輩們參加也可以壯膽。

她已經知道「貫索四」的成員是由哪些聲優扮演。

由美子抱著期待提出了這個問題，但榊微微搖了搖頭。

「很遺憾，不是『貫索四』。但是，有其他組合參加這點是沒錯的！」

榊很刻意地清了一下嗓子。

「手遊『皇冠☆之星』會有許多組合登場。在活動與故事之中會混雜各個偶像，產生五

花八門的組合。」

這件事她們也聽說了。

在這款遊戲裡面會有許多偶像登場。

今後勢必還會追加很多新角色。

但比較不一樣的地方，就是並非因應新角色增加組合，而是透過既有的角色組成各式各樣的組合。

打個比方，「貫索四」和「獵戶座」的成員可能會組成第三個組合，也可能從「獵戶座」當中抽出雙人組。

聽說一旦新角色登場的話，也會跟既有角色組成新的組合。

這部作品的特徵就是透過這些形形色色的角色組成多個組合，創作新曲和故事。

再來，世界觀也有自己的特色。

「這部作品是偶像透過組合進行對決——以演唱會決鬥分出勝負的世界。站上頂點的組合會受贈『皇冠』的稱號。所以，現實的演唱會也要採取演唱會決鬥的形式。雖然並不是真的要分出勝負，但會以對決的形式讓兩個組合登場。」

「…………」

這點是可以想像。

所以，剛才由美子才會詢問「貫索四」的成員是不是也會出場。

此時，榊的眼神變得銳利起來，猛然握拳。

「歌種小姐的意見其實很接近了！在演唱會登臺的不是『獵戶座』和『貫索四』……而是『奎宿九（Mirach）』與『河鼓二（Altair）』！要請在場的五個人分成兩個組合！演唱會的課程和活動基本上也是以每個組合來進行，請大家先記著這點！」

由美子差點「咦」的叫出聲音。

她快速地翻開手邊的資料。

「奎宿九」和「河鼓二」。

那是將「獵戶座」和「貫索四」的成員打散再混合的組合。

看到寫在資料上的成員，由美子不禁目瞪口呆。

「奎宿九」……歌種夜澄、雙葉薄荷、御花飾莉——

「河鼓二」……夕暮夕陽、羽衣纏——

她下意識地跟千佳對望。

就「獵戶座」來說，由美子是和千佳同一個組合。所以她很放心。

但是，現在卻像這樣被分到不同組合，連活動及課程都要分開。

再加上，這兩個組合似乎還要在演唱會上對抗——

「……………………」

「……………………」

超乎預料。

這種不安的感覺，就好像剛才還靠著的牆壁突然消失不見一樣。

就算會擔心也不要緊。因為，夕暮夕陽與自己在一起。

讓由美子這樣想的狀況，輕易就崩潰了。

「這就像是關係好的搭檔因為換了座位就分到了不同組呢……高中生也會這樣嗎？」

突然響起這樣的聲音，由美子猛然回神。

是薄荷。

她在千佳旁邊，露出一副傻眼的表情。

被小學生這樣說，由美子的臉瞬間熱了起來。

「不、不是那樣啦。我覺得沒什麼問題喔。」

雖然由美子這樣回應，薄荷始終投以不客氣的目光直盯著她。

她皺著眉頭，同時緩緩地繼續說下去。

「這是工作，請妳們好好面對。」

「是……對不起……」

「對不起……」

由美子與千佳同時垂頭喪氣。

被前輩說教了……被還是小學生的前輩……

是說，身為前輩的薄荷也是她擔心的對象……

由美子重新看了看資料，歌種夜澄隸屬的組合「奎宿九」裡面，有御花飾莉和雙葉薄荷的名字。

她們與千佳和纏是不同組合。

「啊～這邊的組合也是跟小夜澄一起呢。請多指教～」

飾莉用悠哉的語氣這樣說道，開朗地笑了。好可愛。

飾莉感覺很容易相處，應該能在這段期間和她打好關係，這點很令人很開心。

然而，她是入行第一年的新人。

既然她是第一次從事演唱會與聲優的工作，自己就必須作為前輩帶領她才行。

而且，儘管雙葉薄荷是演藝經歷再怎麼長的前輩，也才小學五年級。

由於加上了這層顧慮，她才會對與千佳分到不同組合感到不安……

然而，也不全是壞事。

此時傳來了叩叩的敲門聲。

「請進。」榊這樣回應後，「寫在資料上的人」就進來了。

「辛苦了！」

「辛苦了。」

「辛苦了——……啊，奇怪？籌備會議已經開始了？我們是錄音到剛剛才結束就直接過來了。」

「啊，沒關係。反正也只是在說明概要。內容也和之前告訴過妳們的一樣。」

出現的是三名聲優。

以穩重的語氣跟榊說話的人是個身材高挑，將頭髮隨意綁起來的帥氣女性。

夜祭花火。

她是櫻並木乙女的同期。在之前那件事裡，由美子找她商量了許多事情。

在「夕陽與夜澄的高中生廣播！　校外教學篇」裡，這位聲優曾與由美子她們一起逛東京都。

然後，旁邊那位安靜的女性是花火的同期，同樣是在校外教學篇以來賓身分參加的聲優。

柚日咲芽玖瑠。

「……啊！……！……！」

那個在芽玖瑠身後拚命對千佳揮手的，就是最喜歡夕暮夕陽的後輩聲優。

嬌小的身上整個都有曬黑的痕跡，但從水手服隱約露出來的肚子是白的。

她和平常一樣，披著繡有貓咪的刺繡運動服。

高橋結衣。

三個人都是隸屬於藍王冠的聲優。

不過，同樣隸屬於藍王冠的千佳好像不知道該怎麼面對友善度爆棚的結衣，視線游移不定。

「姊姊。」

「…………………」

由美子用手肘頂了千佳一下，千佳才終於與結衣對上了視線。

她有氣無力地揮手回應。

下一刻，結衣頓時笑逐顏開，更加用力地朝這邊揮手。

既然這點小事就會讓結衣高興，其實平常可以多理她一下啊。

就在進行著這個互動的時候，芽玖瑠等人坐到了榊的旁邊。

看來芽玖瑠她們已經事先聽了說明，錄音工作也正在進行當中。

想必是行程安排的關係吧。

榊繼續主持話題，鼻子噴著粗氣開口說道：

「七月的演唱會就由在場的八個人進行！組合有兩組。演唱會的標題預計會寫上『皇冠☆之星演唱會「奎宿九」VS「河鼓二」』！」

由美子重新望向組合的成員。

「奎宿九」……歌種夜澄、雙葉薄荷、御花飾莉、柚日咲芽玖瑠。

「河鼓二」……夕暮夕陽、羽衣纏、夜祭花火、高橋結衣。

雖然跟千佳分開了，但幸好有前輩聲優加入這組。

「奎宿九」有可靠的柚日咲芽玖瑠。

「河鼓二」也有夜祭花火。

這樣一想，不安就一點一點消失了。

「七月的演唱會就照這樣安排，不過九月的演唱會……咦？我該不會忘了拿資料吧？抱歉——我去拿一下喔。」

榊東張西望地找了桌子一遍，隨後慌慌張張地離開了房間。

籌備會議因此中斷，氣氛也放鬆了下來。

隨後——

「夕陽前輩——！」

結衣起身，快步衝向千佳的位子。

她順勢用力抱住千佳，千佳「唔呃」一聲，喊出像是被壓扁的聲音。

「夕陽前輩這次跟我同一個組合呢——！我超開心的！請跟我好好相處喔，夕陽前

輩！」

「……呃，嗯……是啊……那個，太近了。而且好大聲。」

千佳這樣忠告結衣，但結衣根本不聽，不斷蹭著她的臉頰。

看到可愛後輩的那副模樣，不禁讓人覺得內心湧起一股暖意。

雖說千佳已經累得筋疲力盡就是了。

該怎麼說呢，她就好像是被精力旺盛的小狗攞布的飼主。

由美子將視線從結衣她們身上移開，這次看向了對面了兩個人。

「芽玖瑠——今天回去的時候要吃點什麼嗎？」

「啊，也好。花火，妳想吃什麼？」

「嗯——吃妳想吃的就行了。順帶一提我想吃義大利麵想吃得要死。」

「那看在妳的面子上，就吃中華料理吧。」

「妳知道什麼是忖度嗎？」

「開玩笑的。吃義大利麵對吧。」

花火和芽玖瑠還是一如往常地要好，她們在近距離說起了悄悄話。

兩個人的表情都十分柔和。

由美子心想「去打聲招呼吧」，從座位上站了起來。

剛才的結衣很可愛，於是由美子參考了她的作法。

「芽玖瑠前輩——！」

由美子發出很有精神的聲音，衝向芽玖瑠和花火的座位。

芽玖瑠露出錯愕的表情，花火則是已經笑了出來。

「小玖瑠小玖瑠小玖瑠——！我和小玖瑠這次是在同一個組合耶——我們好好相處吧！啊，花火小姐。小玖瑠這次就先借我一下嘍。我會好好洗乾淨再還給妳的。」

「嗯，好……隨妳用吧……」

由美子抱著芽玖瑠向花火這樣說，花火聽了後肩膀不斷抖動。

當然，花火知道芽玖瑠的情況。

她也非常清楚，芽玖瑠是聲優宅，最喜歡的就是歌種夜澄。

現在的芽玖瑠處於被自己的推抱著的狀況。

由美子覺得她現在肯定露出了很棒的表情，沒想到……

「歌種，太近了。我明白妳想打好關係，但不要這樣。」

芽玖瑠的反應十分普通，並想要用手推開由美子。

咦？這個反應是怎麼回事？莫名地普通。

如果是平常的芽玖瑠，應該會做出更可愛、更好笑的反應才是。

「怎麼啦，小玖瑠？妳今天怎麼了？就這樣？我們這麼靠近耶？」

「我知道很近，所以妳也差不多該離遠點了。這樣很熱。」

即使緊緊抱住她，她也是這種反應。

她不與由美子對視，而是隨便應付。

咦？什麼？怎麼了？

惹她生氣了？

不，就惹怒她這個意義來說，柚日咲芽玖瑠一直對歌種夜澄感到生氣。

而芽玖瑠本應突破這個框架，讓私底下的藤井小姐那一面出現才對。

不好玩。

非常不好玩。

「既然小玖瑠是這種態度，我也有自己的想法。我來剝下妳的假面具。來親親吧，親親。我現在就給妳一個熱情的親吻。接下來歌種夜澄就要奪走藤井小姐的嘴唇嘍。」

「妳在說什麼啊，歌種……等等，妳夠了，討厭，力氣好大……啊，不，等，喂、喂，這、這樣不行啦啊啊啊啊啊啊——……！」

由美子將她的臉固定，準備強吻下去，芽玖瑠才終於給出了像樣的反應。

她的臉瞬間變得紅通通的，就好像要「砰！」一聲爆炸那樣。

轉眼間眼睛裡就泛出淚水了。

然而，她沒有把視線從由美子的眼睛移開，而是不斷地顫抖著嘴唇。

她露出了混有羞恥、恐懼、期待和其他各種情緒的美妙表情。

……不然，就真的這樣親下去吧。

「……妳夠了吧！」

正當這種邪惡的想法閃過腦海時，由美子挨了一記還挺認真的巴掌。

喂喂，甩巴掌耶。

這是來真的啊。

「女聲優不要甩女聲優巴掌啦……嚇我一跳耶……」

由美子按著刺痛的臉頰如此抱怨。

芽玖瑠喘著大氣，同時小聲地強烈抗議：

「妳啊，真的是夠了喔……！真的別這樣玩啦！歌種夜澄不該那麼作賤自己的嘴唇！」

「妳是因為這樣生氣？」

竟然不在乎自己被強吻。

這段對話好像戳中了花火的笑點，她趴在桌子上抖個不停。

她保持這個狀態笑了半晌，隨後一邊說著「啊～太好笑了……」，同時擦著眼角並緩緩起身。

「小歌種，方便借一步說話嗎？」

她這樣說著，對由美子招手。

由美子依言跟了過去，花火將她帶到了房間的一隅。

花火在那裡悄聲說道：

「那個啊，小歌種。芽玖瑠姑且也是有自己的形象的。她不想讓別人看到平常是怎麼跟小歌種交流的，尤其不想讓後輩看到。妳想想，她說過『不想讓人覺得自己很好親近』。」

「啊──……原來是這樣啊。」

由美子這才理解了。

柚日咲芽玖瑠最喜歡的就是聲優。

正因為非常喜歡，才會與聲優保持距離。

她透過貫徹公事公辦的關係，來維護聲優柚日咲芽玖瑠的形象。

要是被人看到她慌慌張張的模樣，對於芽玖瑠來說似乎並不是好事。

「所以，妳可以只在兩個人獨處的時候跟芽玖瑠打情罵俏嗎？」

「可以打情罵俏嗎？」

「我反而希望妳盡量這麼做。雖然我不說妳應該也明白，她心裡其實超開心的。」

這樣講也是啦。

那就跟她打情罵俏吧。

既然芽玖瑠的搭檔都這麼說了，也只能照做。

由美子說完話回到座位後，芽玖瑠便對她投以了不安的視線。

眼見由美子佯裝不知，芽玖瑠就把臉湊近花火。

「咦？怎麼了……妳們剛才講了什麼啊？」

「嗯——？沒有啦，就是對妳有好處的事情。」

「絕對是騙我的吧……」

花火與芽玖瑠開始在竊竊私語。

就照花火說的，只在兩人獨處的時候跟芽玖瑠玩吧。

「對不起～讓各位久等了～來，繼續吧。」

就在她們做著這些事的時候，製作人榊踏著輕快的腳步回來了。

她發下手上的資料，籌備會議重新開始。

問題發言就這樣唐突地出現了。

演唱會和活動的內容，錄製歌曲和配音的計畫……儘管不時會穿插提問，但籌備會議依然進行得很順利。

正因為如此，那句話聽起來才顯得更加突兀。

感覺就像是眼前突然出現了一道牆那樣。

「另外，這次還要決定每個組合的隊長。無論是在演唱會還是活動，劇本都會調整成由隊長負責主持。若是課程也能幫忙在某個程度上主導，或者擔任組合的聯絡人就更好了。

啊，可是，我不會給那麼多負擔的，請各位放心吧。」

榊和之前一樣用輕快的語調簡潔地說道。

由美子「咦」一聲抬起頭，正好與榊四目相接。

「『奎宿九』的隊長是飾演海野玲音的歌種夜澄小姐，『河鼓二』的隊長是飾演和泉小鞠的夕暮夕陽小姐。拜託妳們兩位了。」

榊正面盯著由美子，這樣宣告。

組合的隊長。

九月的演唱會就要換組合，所以恐怕是僅限這次的隊長。

應該不會讓隊長做特別的事情，這也的確是必要的職責。

有人擔任隊長主導組合，事情無疑會進行得更加順利。

確實是這樣沒錯，但有件事令人在意。

不過，詢問這件事的不是由美子也不是千佳，而是另外一個人。

「為什麼是由她們兩位擔任隊長呢？」

是薄荷。

聽到這個問題，榊笑著回答：

「算是比較著重在角色的概念喔。玲音和小鞠在作品裡也會動不動就產生對抗意識吧？畢竟這次是第一場演唱會，兩個隊長對抗的這種構圖也會讓觀眾比較容易理解。」

這個回答打消了由美子「為什麼是我們？」的疑問。

玲音和小鞠對抗的場景很多，在遊戲的活動中分成「奎宿九」和「河鼓二」兩個組合的時候，對話起來也經常像是要吵架一樣。

如果不是這樣，能勝任隊長的人想必是芽玖瑠和花火這對搭檔吧。

即使從年齡、演藝經歷、個性上面來考量，也勢必會交給她們。

也就是說，真的是重視在容易理解的這個角度才選擇了由美子和千佳。

「隊長……」

千佳喃喃說道。

她露出了不安的表情，但這也無可厚非。

某種意義上，她是與這個職位最扯不上邊的人。

或者說，如果關係到工作，千佳也會意外地發揮出領導能力嗎？

榊笑了笑，同時爽朗地說道：

「平時不需要做什麼特別的事情啦。只是希望妳們作為統籌的角色帶領大家。只要決定了隊長，其他人也會更容易跟上，更容易配合吧？當然，如果覺得自己做不來的話也可以拒絕。」

「我做。」

「我做。」

既然被這樣講，自然也不能拒絕。

這是「工作」。

沒有明確的理由，就不該拒絕。

而且這肯定會是一段不錯的經驗。

「組合裡的其他人也要幫忙隊長喔。」

榊面露笑容向大家如此呼籲。

所幸，薄荷之外的人都重重點頭，臉上看起來也沒有不滿。

大家應該都會視為工作協助彼此，不需要過度擔心。

之後沒有提到任何特別的事，籌備會議順利進行。

「我話說完了！有問題嗎？沒有的話，籌備會議就到此結束——！」

榊一邊整理資料，一邊用非常有精神的聲音做了總結。

看起來沒有人要提問，誰都對此沒有異議。

由於榊笑著說「那麼，各位辛苦了。」，所有人都回了同樣的話。

正當大家各自收起資料，傳來了「唔——」一聲沉吟。

是薄荷。

她一臉不是滋味地嘛著嘴，以可愛的表情瞪向這邊。

她用榊聽不到的音量繼續說道：

「為什麼是妳們當隊長呢？我的演藝經歷明明是最久的。」

說了這樣的話。

纖細的手指、嬌小的身體以及高亢的聲音。

不管任誰來看都只是個小學生的她，正露出了不開心的表情。

與公司的會議室最不相稱的少女如此說道。

「再怎麼樣，讓小學生當隊長還是——」

千佳本打算直接說出自己的想法，由美子見狀便敲了她的頭。

千佳狠狠瞪了過來，但由美子阻止了她的失言，反而希望她感謝自己。

她明白千佳想說什麼，但不能跟本人說啊。

「小薄荷也聽到了吧？只是就角色來說我們比較適合，沒有什麼特別的理由啦。」

由美子給出了中肯的答案，但薄荷的表情沒有變化。

隨後她板著一張臉說：「哼——這點我知道啦。」

而且，她還補了這麼一句。

「是沒關係啦，但我才是前輩喔。是、沒、關、係啦。」

「……………」

看來……對她講話最好還是禮貌一點……

雖說她確實只有十一歲，但算是大前輩……

然而，在由美子想到這個問題的答案前，榊就向她搭話了。

「啊，歌種小姐、夕暮小姐。可以留下來一下嗎～？有點事情想先告訴妳們。」

「啊，好的——」

「我知道了。」

當由美子她們如此回應後，薄荷一臉不悅地說著「辛苦了」從座位上起身。纖細的頭髮晃盪起來，拂過小巧的肩膀。

她對榊深深低下頭，說了聲「辛苦了！」後便離開了房間。

由美子不安地心想「這樣不要緊嗎……」，但還是目送她離開。

「來來來～抱歉啊～讓妳們留下來。」

最後一個人出去後，榊關上門回到這邊。

她以輕快的動作坐到對面的座位，「呼——」一聲吐出一口氣。

接著，她以正面看向這邊。

「我有件事想要先告訴擔任隊長的兩位。」

她面露笑容，往前探出身子如此說道。

由美子她們姑且算是負責統籌，想必是要說聯絡事項或什麼的吧。

畢竟剛才也說過希望她們當聯絡人。

由美子本來是這樣預測的，但她從榊的表情裡感受到了什麼。

因為她眼睛深處散發出莫名的光芒。而且看起來格外開心。

正當由美子在確認那光芒究竟是什麼時，榊開始組織語言。

「聲優的演唱會活動……兩位也有過好幾次經驗了吧。尤其是歌種小姐，『塑膠女孩』是妳的出道作品，我想妳應該也會非常適應我們這部作品。」

「啊——是的。我也是這樣認為。」

羽衣纏和御花飾莉在某種意義上而言，可以說是從前的自己。

出道作品「塑膠女孩」從動畫開始，有演唱會、活動、廣播，延伸出各式各樣的工作。由美子是歸功於當時的經歷才能站在這裡，這點是毋庸置疑。

榊連連點頭，視線在千佳與由美子之間往返。

「其實我也參加過好幾次這類聲優的演唱會。因為我原本就是從事音樂相關的工作，所以才有這種機會。像是自家公司出的遊戲的演唱會，還有大規模活動的舞臺，我都近距離看過好幾次。該怎麼說呢，我覺得聲優演唱會是一種特殊的文化。」

「特殊……是嗎？」

千佳發出像是在觀察狀況的聲音。

榊笑著回說「很特殊喔」，然後稍微加快了語速。

「比方說，如果『皇冠』這類作品舉辦演唱會的話，觀眾就是來看動畫或遊戲裡的歌曲在演唱會中演唱吧？他們是來聽玲音以及小鞠的歌。但是，在場的是聲優歌種小姐以及夕暮

小姐，不是角色本人。」

確實如此。

沒辦法讓角色在現實的演唱會中登臺演出。

所以，聲優才要代替角色唱歌跳舞……

這有什麼問題嗎？

榊進一步往前探出身子，聲音中夾帶了熱量。

「這裡重要的就是觀眾的視線。很不可思議的是，觀眾看著聲優背後的角色，同時也在看著聲優。他們將角色和聲優重合起來，對兩者都抱有強烈的情感。不只是角色，不只是聲優，而是把兩者重合起來觀賞表演。正因為這樣，熱量才會膨脹好幾倍。我是這樣想的。」

「我有點明白。」

令人驚訝的是，千佳對此表示同意。

她在點頭。

儘管由美子自己沒什麼印象，但她知道有人抱有這樣的情感。

從前，由美子作為一名聲優參加演唱會時，也是背負著「塑膠女孩」的萬壽菊。

觀眾那帶有熱情的視線毫無疑問在看著歌種夜澄深處的萬壽菊，同時也在看著歌種夜澄。

假如只有其中一方，就無法引出那麼強烈的熱量。

當由美子正與自己的經歷對照時，榊以堅定的聲音繼續說道：

「我知道作品與聲優完美重合在一起時的興奮以及熱量。而且，我也想從這部『皇冠☆之星』將那股熱量引出來。為了這個目的，我需要妳們兩位的力量。」

「呃……我們當然會竭盡全力地加油……？」

由美子依然不明白對方想表達什麼，便說出了這樣的話。

不過，榊卻搖了搖頭說「不是這樣」。

「老實說，這是偶然。不論是妳們分到不同的組合也好，妳們接到了互為競爭對手的角色也好，都不是我們刻意這麼做的。但是！這樣的作品往往會接連發生不可思議的偶然。假如這當中介入了一種意圖──」

榊繼續說：

「那個意圖就是，我選了妳們擔任隊長──我從去年開始就在關注妳們兩位。因為『夕陽與夜澄的高中生廣播！』。」

「──────」

由美子聽到這裡，才突然明白榊剛才那一直不得要領的話。

她理解到原來是這麼回事。

她沒有看過去，但她明白旁邊千佳在意著自己。

榊熱情地繼續說道：

「只要是死忠的聲優粉，肯定也知道妳們兩位的關係。雖然我不太想提這件事，但是從陪睡嫌疑的事件開始，再來是賭上妳們兩人暫停活動的騷動，最後是在『夜澄的信』和校外教學篇裡提到的『對對方抱持什麼樣的想法』。一部分的粉絲知道妳們兩位的關係和普通的聲優不一樣！」

「…………………」

呃，妳廣播也聽太多了吧。

由美子差點不看狀況，下意識地說出這句話。

不是啦，因為……她知道得也太詳細了……

拜託饒了我吧……

由美子曾聽說過，若是廣播受歡迎的話，可能會有同一個業界的人說「我有在聽妳的廣播喔」……

但是，她沒想到有人會聽得這麼細微……

而且，對方還把聽來的資訊大刺刺地擺在眼前，指出「妳們是勁敵關係吧？」。這太過分了。

由美子可以感覺到千佳正在旁邊露出尷尬的表情。

但是，她現在可以理解了。

榊為什麼會選擇歌種夜澄和夕暮夕陽當隊長。

「『皇冠』的世界裡，組合之間會透過演唱會決鬥的形式一決勝負。在這次的演唱會上也會有這種表演。當然，並不是真的要決定輸贏，不過——我希望妳們兩位能把它視為真正的比賽一樣去挑戰。我是如此希望的。」

希望。

意思是她不會強迫嗎？

她好像要強調這句話那般，繼續說道：

「如果妳們兩位會像玲音以及小鞠那樣去做……作為勁敵彼此競爭、互相精進，作為隊長、作為隊伍讓不想輸的意志互相碰撞的話——那麼，一定會產生難以置信的熱量。這是絕對的。」

不知不覺間，榊的眼眸裡已經充滿了無法掩蓋的光芒。

她緊握著雙手，聲音裡蘊含著猶如火焰的熱量，從眼眸泛出光輝。

她興奮的語氣讓由美子想起了觀眾席的粉絲。

這時，由美子注意到。

榊在期待歌種夜澄與夕暮夕陽。

如果千佳和由美子能像「皇冠」的世界一樣，與彼此碰撞的話。

如果角色與聲優完美融合，凝聚兩人份的念想。

到時應該會產生貨真價實的、真正的熱量。

看到那股熱量，觀眾會進一步將內心的熱量膨脹，變得狂熱起來。
榊一定是想親眼看到席捲整個會場的那股龐大無比的熱量。

榊講完之後，她們就解散了。
由美子沒來由地杵在會議室前面。
她俯視著從中途就因為害羞而沒能去看的千佳。
熟悉的長瀏海，銳利的目光，但長相卻很漂亮。
千佳默默地觀察著由美子的反應。
「唔……感覺事情變得出乎意料了呢……」
由美子不知道該說什麼，總之先這樣嘟囔了一句。
本以為是要提聯絡事項，結果對方講的事情超出了預期。
她還沒有完全理解整個內容。
正當由美子想著該怎麼行動時，千佳喃喃說道：
「我懂了。」
「懂了？」
千佳閉著眼睛，以平淡的語氣陳述自己的想法。

「所謂的演唱會決鬥，終究只是表演。不管製作方怎麼煽動觀眾，我也不認為他們會要我們在這次的演唱會真的競爭。」

「嗯……是啊。」

終究只是要把競爭對手互相碰撞的構圖，藉由讓角色與聲優重合在一起而產生狂熱。榊說過，希望她們視為真正的比賽一樣去挑戰。

然而，由美子不太明白千佳的意思。

由美子以疑惑的表情看著千佳，這時千佳睜開了眼睛。

她正面看向由美子。

「我是隊長，妳也是隊長。然後，組合之間要進行演唱會。在『皇冠』的世界，是用『誰讓演唱會的氣氛更加熱烈』來決定勝負。如果要依照那個世界的準則——我就不想輸給妳的組合。」

「————————」

由美子感覺好像火啪嚓一聲點著了一樣。

她明白榊想表達什麼，但不知道該怎麼做。

這樣的想法，彷彿騙人那樣消失得無影無蹤。

就在她面對千佳極其單純、簡單明瞭的想法之後。

「不論形式如何，與妳比賽的舞臺已經準備好了。應該不會明確地分出高下吧。所以，

這充其量也只是用我自己的心去裁量──不過，就算是這樣，我也絕對不想輸給妳。」

平淡的語氣開始帶上熱量。

從千佳銳利的目光裡，可以感受到強烈的意志。

「來比比看誰能讓演唱會的氣氛更熱烈吧，歌種夜澄。」

千佳仰視著由美子，豎起手指。

──啊，沒錯。

為什麼忘了這件事呢？

這件事真的、真的非常單純。

歌種夜澄不想輸給夕暮夕陽。

就只是這麼單純的事情。

而且，這比任何事情都來得重要。

柴薪不斷地投入心中的火焰。

因為要讓演唱會的氣氛更加熱烈，因為觀眾會聚焦在她們的關係。

這些事情當然很重要──但最重要的事情在她們自己身上。

唯獨不想輸給這個傢伙。

只需要抱著這種想法與對方碰撞就行了。

「──我接受妳的挑戰，夕暮夕陽。我不會輸給妳的。」

由美子回以挑釁的表情，向她伸出手指。

她們露出無畏的笑容，對視著彼此。

明明她們絕非瞪視，卻像是有火花炸裂開來。

「我有多次經驗。我是從『塑膠女孩』……從偶像聲優開始做起的。而且，擔任組合的隊長也不會給我造成太大的負擔。但是，缺乏交流能力的妳能做好隊長的職務嗎？」

「隨便妳說吧。無論要用什麼方法，我都會超越妳。我會在妳得意的領域擊潰妳。」

「放馬過來啊。我不會輸的……唯獨不會輸給妳。」

彼此的話語都好像要燙傷人那般灼熱。

而且，似乎可以無限爆發出來。

心情也是一樣。

不想輸的意志愈來愈強。

兩人並沒有配合時機，卻同時把臉撇到了一邊。

就這樣，她們一起邁出步伐。

「…………………」

「…………………」

……要是現在兩人走向相反的方向，就可以漂亮收尾了。

但她們需要走出公司，所以只能走一樣的方向。

明明兩個人剛才還一起像那樣耍帥，現在卻肩並肩在走廊上移動。

「……渡邊，妳要直接去車站？」

「嗯……待會兒還有高中生廣播……妳也是吧？」

「嗯……」

所以，兩人接下來在移動到錄音室之前都要一直在一起……

早知道就稍微考慮一下時機了……

「……呃，佐藤。這季的『擊穿銀翼』是部非常老派的機器人動畫，妳有看嗎……？」

「呃，沒關係。不用勉強拋出話題……雖然我是明白妳尷尬到想換個話題啦……」

兩人就在這難以言喻的氣氛之下，一起坐上了電車。

「「皇冠☆之星☆廣播——！」」

「呃——大家好。『皇冠☆之星☆廣播』第2回開始了！我是這次擔任主持人，飾演海野玲音的歌種夜澄。」

「大家好！我是同樣擔任這次主持人的，飾演瀧澤美見的雙葉薄荷！」

「這次由我們兩人一起主持～」

「是的～！請多指教！」

「嗯～我和小薄荷是第一次一起做廣播節目，有很多事情想跟妳聊聊呢～」

「是！我也有很多想聊的！小夜澄是高中生吧？最近聲優裡也有很多年輕人，但現役高中生可是相當年輕呢！」

「等等，這輪不到妳說吧。小薄荷甚至還是小學生耶。根本就年輕過頭了吧。不過，其實小薄荷是我的大前輩呢。」

「啊——是啊～我今年入行第八年了。畢竟我是從童星開始進入這個圈子的嘛～但請不要真的把我當成前輩對待喔（笑）我不擅長應付那種的！」

「啊，還收到了這樣的來信呢。化名『侯威耶．露露耶．哦耶』同學。『夜夜、小薄荷，妳們好～！』嗨，你好！」

「你好！」

「『這次的節目來賓雙葉薄荷小姐！說來慚愧，我只知道小薄荷的名字和聲音，但我查了一下嚇了一跳！妳居然還是小學生而已呢！』」

皇冠☆之星☆廣播！

「嘿嘿嘿。是呀～我五年級了！」

「『我聽說小薄荷將會在七月的演唱會初次登臺！所以請妳加油喔！不要緊，周圍的大姊姊都很可靠的！』……他是這麼說的。」

「啊，就是啊～！姊姊們真的都很可靠！雖然我是第一次上演唱會，但我完全不會覺得不安！因為大家都很溫柔喔～！」

「聽妳這樣說，大姊姊這邊倒是很有壓力呢……算了，畢竟有很多習慣上演唱會的人，需要依靠別人的時候就——」

Tiara★Stars Radio

to be continued……

的表情。

「ＯＫ了。」聽到這句話，由美子摘下了耳機。

繼上次出場，由美子這次也擔任了「皇冠☆之星☆廣播」的主持人。

上次是芽玖瑠坐在對面的座位，而這次是另外一名少女。

直到剛才，這個女孩都還彬彬有禮，時而可愛、天真無邪地在麥克風前面不斷變換不同的表情。

雙葉薄荷。

也就是「小薄荷」。

今天她穿著花紋很吸睛的Ｔ恤和短裙，露出嬌弱的手臂與腿。

現在她正板著一張臉，拿起水壺。

小小的喉嚨發出喝水的聲音，接著她開口說道：

「歌種小姐，妳再稍微多聊聊自己怎麼樣？不用一直把話題拋給我。請妳多講一些對自己有益的話題。」

「咦？啊……我沒有這個意思。只是單純很好聊，然後就一時聊得太起勁了這樣。並不是顧慮到小薄荷喔。」

「就算是那樣也一樣。自己的事情我自己會聊。歌種小姐不用幫我做球。」

「啊，是嗎……？」

她的意思應該是這樣好像受人施捨一樣，很不舒服嗎？

真是難以取悅的孩子。

不過，如同剛才所說的，跟薄荷主持廣播非常輕鬆。

雖然她不像芽玖瑠那樣經常會有亮點，但也表現得很穩定。

十一歲口齒就這麼伶俐，真的是很厲害。

所以她才能這麼自然地進行節目。

「…………？」

然而，由美子內心卻感到些許不對勁。

是什麼呢？

廣播順利結束了，也沒有特別突出的失誤。

上次多虧有芽玖瑠，廣播的感覺愉快又有趣，這次也很順利。

兩次都可以稱得上成功。

但是，這種不對勁的感覺是什麼？

「幸苦了。」

薄荷從座位上起身，迅速走出錄音間。

現在不是想事情的時候。

由美子也向工作人員問候了一聲，追上薄荷的背影。

她個子比較矮，身材纖瘦，背影也很小。

由美子心想「啊，就算裝得很成熟，她依然是個小學生呢——」，同時拍了拍薄荷的肩膀。

「小薄荷，待會兒要不要去哪裡晃晃？我們一起去吃點甜食吧。」

由美子提出了邀請。

雖然對方的個性古怪，但由美子還是想與她打好關係。

她是今後要在許多場合一起共事的夥伴，自然會希望與她開心地和睦相處。

「咦？和我？」

回頭的薄荷瞪大了眼睛，然後指向自己的小臉。

她愣住的表情真是可愛。

但是，她立刻露出了傻眼的表情。

「啊……因為妳是隊長嗎？類似一種責任感？不需要啦。就別做這些麻煩的事情吧。」

「啊——不是。這跟是不是隊長無關，我就只是想說說話。畢竟我不太了解小薄荷，覺得滿想跟妳聊聊的。」

儘管她對自己說了些類似挖苦的話，但其實還滿可愛的。

畢竟由美子平常就被一個刺激別人神經的高手一直瘋狂地挖苦。

下一刻，薄荷好像害羞了那般，視線遊離不定。

「哦、哦。歌、歌種小姐，妳這個人真奇怪呢。不、不過？稍微陪妳一下也不是不行。畢竟我是前輩嘛，是妳的前輩。」

由美子一問，薄荷就板起了一張臉。

「啊，是嗎？那我們就真的去吃點什麼吧？小薄荷，妳喜歡甜食？」

她一臉很不是滋味地把頭撇向一邊。

「我不喜歡這個說法。好像被當成小孩一樣，我很討厭。妳是不是覺得只要給我甜食就肯定沒錯？這種簡單的想法，我覺得很有問題。」

嗯，如果說沒有那個意思的話倒也是騙人的。

但更重要的是——

「不……是我想吃……畢竟再過一段時間……就必須為了演唱會減肥了……算是吃最後一頓吧……」

由美子露出凝望遠方的眼神。

自己要在許多人面前背負著角色參加演唱會。

她想以更佳的狀態站在觀眾面前。

在演唱會前減肥——這對聲優來說算是很稀鬆平常的事。

「是、是這樣嗎……？」薄荷低頭看向自己的身體。

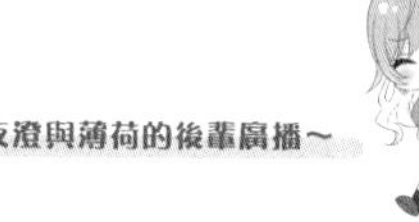

「我也減一下會比較好嗎……？」

「哎呀，小薄荷正在成長期，不能減肥啦。在不發胖的範圍內盡量多吃點比較好喔。」

以前不管怎麼吃，都只是縱向成長……

現在的話，吃的東西都會變成往橫向發展。

所以，再過一陣子就必須忍住不吃高熱量的食物。

「呃——要吃鬆餅或可麗餅之類的？蛋糕也不錯。如果妳有什麼想吃的只要跟我說一下，應該都能去喔。」

由美子掰著手指列出候補，隨後薄荷的眼神頓時閃閃發亮。

她以孩子氣的表情抬頭仰望著由美子。

但是，這樣的表情立刻蒙上一層陰霾，她開始摸起自己的肚子。

「可是，要是現在吃的話……就吃不下晚飯了……」

「啊，是嗎……對不起……」

由美子忘記了她是孩子的胃。

若是因為吃過點心而吃不下晚飯，確實不行。

「而且，媽……母親說過錄音結束後要立刻回家……去店裡吃……會有點……」

「嗯——這樣啊。說得也是啦……ＯＫ，我知道了。那就下次吧。」

即使演藝經歷再怎麼長，她依然還是個小學生。

必須牢牢記住這點才行。

但是，薄荷好像想說什麼，發出了「啊……」的一聲。

圓潤的眼睛仰望著由美子。

「？怎麼啦，小薄荷？」

由美子這樣一問，薄荷就慌張地換回原本的表情。

「雖、雖然沒有時間！但如果是在自動販賣機前面稍～微喝個飲料的話，我倒是可以奉陪一下喔！畢竟歌種小姐好像很想和我聊天！」

薄荷挺起胸膛這樣說道。

由美子聽到後不禁露出笑容，說「那就陪我一下吧」如此回應了薄荷的話。

「小薄荷，妳要喝什麼？」

由美子從錢包裡拿出五百圓硬幣，指向自動販賣機。

「…………」

下一刻，薄荷不知為何嘛起了嘴。

她使勁地推著由美子的身體。

「不用。因為我才是前輩，我來請客。妳要喝什麼？」

「咦——……妳、妳要請我……？咦、咦——……」

如果是芽玖瑠或其他前輩倒還好，但讓小學生出錢實在有很強烈的罪惡感。

不，或許該稱為背德感。

但是，強行拒絕想擺出前輩架子的薄荷也不太妥當。

由美子思考著該用什麼方法回禮，並決定這次先順著薄荷的話。

「好喔。那薄荷前輩，我要咖啡。謝謝招待。」

「好，沒問題。交給我吧。」

薄荷一臉得意地拍了拍胸脯，投入零錢。

接著，她的手指不斷繞來繞去。

「歌種小姐，這個可以嗎？」

「啊，我要黑咖啡。」

眼見薄荷差點就按下超甜的牛奶咖啡，由美子告訴她要選黑咖啡。

薄荷聽了，就「喔喔……」的叫了一聲。

然後她也買了一樣的咖啡。

「咦？薄荷前輩，妳能喝黑咖啡嗎？」

「沒什麼。我對咖啡也多少有點菸酒……研究……研修？……我要喝了。」

她說著說著打開了拉環。

由美子隱約也猜到了。薄荷才剛喝了一口，表現就顯得十分苦澀。

她嚇了一跳，盯著眼前的罐子。

「好苦……啥、啥啊……？咳咳，這、這麼苦嗎……？咳、咳咳，嗯咳。」

雖然她正在設法矇混過去，但那清嗓子的樣子實在是讓人痛心……

「……歌、歌種小姐，這個好喝嗎……？」

「啊……這個嘛……畢竟我算喜歡喝咖啡……罐裝咖啡有罐裝咖啡的優點……總之我還挺喜歡的……」

「哦、哦……我、我懂喔。跟一般的，滴、滴漏式？咖啡，有不同的優點對吧……我懂喔……」

薄荷雖然露出了很反胃的表情，但還是小口小口地喝著。

要是自己手上的是不同飲料就能交換了，但由美子也拿著一樣的咖啡，沒辦法這麼做。

由美子裝作沒看到她嫌苦的樣子，把嘴湊到罐子上。

這時，薄荷忽然嘟囔了一句。

「歌種小姐。演唱會會順利嗎？」

「會喔。當然會。」

「妳真的這麼想？」

薄荷抬頭看向由美子，她纖細的頭髮頓時輕輕晃盪。

由美子明白薄荷想說什麼，但還是裝作沒發現。

她的姿勢依然朝向前方，傾斜罐子。

「沒問題的。不用那麼擔心。我和小薄荷會拚命上課練習。我想事情就是這麼簡單。」

「歌種小姐，我認為妳作為隊長太天真了。」

如果薄荷當了隊長，會採取什麼樣的行動呢？

儘管能輕易想像出來，但由美子實在不覺得那樣是正確的。

但是，她也能明白薄荷會不安的心情。

原因在於她們第一次參加課程時發生的事情。

演唱會上當然要唱歌跳舞。

關於唱歌的部分，她們可以展示出錄歌時徹底磨練出來的歌喉。

但是，舞蹈要為了演唱會從頭學起。

因此，才要幫她們上課。

課程室已經由製作公司租好了，今天由美子就要去那裡。

這次是「奎宿九」的四個人一起上課。

由美子進入給人清潔感的漂亮大樓，經由電梯來到了寬敞的走廊。

「喔。」

隨後，她在走廊上看到了熟悉的背影。

是芽玖瑠。

走路時頭髮一晃一晃的樣子實在惹人憐愛，這使得由美子的惡作劇之心蠢蠢欲動。

籌備會議那次的互動讓由美子覺得很不過癮，這次要一雪前恥。

由美子在竊笑的同時從後面接近，結果芽玖瑠猛然轉過頭來。

「啊。」

「歌種……妳又想做什麼了對吧……」

失敗了。芽玖瑠狠狠瞪向這邊。

她像是在炫耀勝利般地哼了一聲，補上了這麼一句話。

「妳這種模式單純的惡作劇，我也差不多要看膩了。要是學到教訓就……」

——然而這個時候，芽玖瑠全身都是破綻。

雖說出其不意的偷襲失敗，只要再發動第二波攻勢就行了。

她對確信自己勝利的芽玖瑠發動反擊。

「從後面不行的話就從前面。」

由美子直接從前面抱住了她。

手繞到她嬌小的背後，緊緊摟過身體。

由美子正想說「小玖瑠好軟——」的時候——

「咿————————————————！」

尖銳的警笛聲頓時響起。

由美子慌張地放開她。

沒想到她會發出這麼直接的慘叫……不對，這個是慘叫嗎？

芽玖瑠的叫聲轉眼間傳遍了走廊。

由美子著急地望向四周，但看起來沒有人要從房裡出來。

課程室大多是隔音的，說不定從裡面聽不到。

太好了……由美子這樣心想，重新把視線投向芽玖瑠，發現她正癱坐在原地。

一動也不動。

沒有反應到令人擔心。

「小、小玖瑠，沒事吧？能動嗎？死了？」

「……嗯。」

「妳死了嗎？」

「死了……」

她只回了一句令人不安的話……

由於芽玖瑠保持低頭的姿勢定在那裡，由美子不禁慌了。

「那個，小玖瑠，沒事吧？對、對不起啦？對不起。」

「沒事……」

芽玖瑠踉蹌地站了起來，步履蹣跚地走向更衣室。

讓她失去理智了……

以後就算要戲弄芽玖瑠，手法還是節制點好了……

由美子在更衣室換上運動服。

芽玖瑠也在這時恢復了意識，兩人一起走向指定的房間。

打開門後，她們的眼前是很有課程室風格的房間。

有一整面牆是鏡子，可以徹底映出這邊的動作。

薄荷和飾莉已經抵達，兩人正在做柔軟體操。

薄荷穿著學校的體操服，飾莉則是穿著簡單的運動服。

彼此打過招呼之後，由美子與芽玖瑠也開始做起柔軟體操。

「大家好～喔，都到齊了呢～今天請多指教啦。」

柔軟體操做著做著，時間也到了，訓練員走進了房間。

那是一位身穿運動服裝的年輕女性。

簡單自我介紹後，她立刻開始切入正題。

「因為也有人是第一次，我就簡單說明一下。呃——首先要麻煩妳們完美掌握舞步。之

後再一邊唱歌一邊跳舞。因為只跳舞和邊唱邊跳是截然不同的兩件事。一開始先麻煩各位紮實地學會舞蹈吧。」

聽到這番話，所有人回答「是」。

訓練員點了點頭。

訓練員說著曲名，同時開始做準備。

「之後也預定會做全體練習，首先從合唱曲開始吧。第一首是──」

這次的演唱會沒有獨唱曲，除了一首歌之外。

只有以組合共同唱的曲子，以及所有人一起合唱的曲子。

課程是根據組別進行，不過合唱曲倒是預定會有幾次一起練習。

在全體練習之前，必須將合唱曲達到一定水準。

因為湊齊所有人的日期有限。

而且在某種意義上，全體練習可以說是期中發表。

兩個分別練習的組合屆時將要表現出自己的程度在哪裡。

不能輸給另外一組。

當由美子正如此偷偷鼓起幹勁，飾莉不安地說道：

「唔啊～好緊張啊。我能做好嗎～好不安喔～」

這部作品是飾莉的出道作品，她根本不知道該做什麼。也難怪她會不安。

由美子正想鼓勵她，但此時薄荷先開口了。

她挺著胸膛，淺淺一笑。

「沒問題的，御花小姐。就算失敗，也有我們在旁邊幫妳喔。」

「嗯？可是小薄荷，妳不是第一次參加這種演唱會嗎～？」

聽到飾莉這樣回話，薄荷頓時面露難色。

由於她沒辦法再說什麼，這時換成由美子開口了：

「如果感到不安就說出來吧。這裡有演藝經歷長的人，也有經歷過演唱會的人。大家會彼此協助的。當然，我也是。」

「沒、沒錯，我想說的就是這個。我跟歌種小姐的想法一樣。」

薄荷接著說完，飾莉發出了「哇～」的聲音。

這時，訓練員做好了準備，第一次課程開始了——

「好。那麼，稍微休息一下吧。」

訓練員拍了拍手，課程室的氣氛一下子放鬆下來。

由美子也深深吐出一口氣。

即使熱氣從肺部排出，身體的火燙感也遲遲沒有散去。

她把手撐在膝蓋上，擦拭汗水。

「啊……好累……不行啊……體力下降了……」

她喘得上氣不接下氣，如此自言自語。

久違的課程比想像中還要吃力。體力不如以前了。

必須再調整一下狀態才行。

然而，由美子還算有堅持住的，其他人更是顯得精疲力盡。

芽玖瑠一語不發地喝著水，但出了很多汗。薄荷在地上躺成了大字。

「唔呃……好累～……」

飾莉坐在地上，用毛巾擦著汗。

接著由美子看到她去拿飲料，便追上去向她說道：

「小飾莉，妳很會跳舞呢。之前練過什麼嗎？」

「嗯——？沒有啊？不過能聽到妳說我跳得不錯，我很開心喔～」

她露出放鬆的笑容，同時開始大口喝水。

由美子並沒有在奉承，而是飾莉真的跳得很好。

證據就是，訓練員這樣大喊。

「御花小姐，感覺很棒喔！我都不覺得妳是第一次跳舞！就這樣繼續加油！」

「嘿嘿～謝謝誇獎～」

她害羞地笑著。

如同訓練員說的那樣，她的動作俐落到讓人不覺得她是第一次跳。

她的外表與個性較為文靜，但運動神經和天分看來相當不錯。

老實說，她甚至比由美子這個跳過舞的人更出色。

與她相反。

「小薄荷，沒事吧～？必須要補充水分才行喔～」

由美子向依然躺在地上，始終沒調整好呼吸的薄荷搭話。

她只把臉轉向這邊，發出了呻吟般的聲音。

「完、完全……沒事……不，綽綽有餘……」

「小薄荷，不可以勉強喔——覺得累的話要說喔——」

訓練員叮囑了一下，但薄荷還是固執地露出淺笑。

就算她裝得很成熟，身體畢竟還是小學生。體力可能很難跟上。

由美子這樣心想，拿起水壺喝水，但水馬上就喝完了。

她決定下次要拿個更大的水壺過來，然後抬起頭。

「不好意思——我去買一下喝的～」

由美子跟訓練員說了一聲，隨即得到了她的許可。

飾莉此時也跟著舉起手。

「啊，小夜澄。我也去～」

「喔。走吧走吧～」

兩人一起走出了課程室。

她們肩並肩走在打掃得十分乾淨的走廊上。

「這樓有類似自動販賣機區的地方吧？」

「有喔有喔～應該是在更衣室附近吧？還有運動飲料呢～」

說話聲在走廊上迴響。

儘管其他課程室也有正在使用的跡象，但是聲音並沒有傳到外面。

當兩人份的腳步聲迴盪在走廊時，飾莉哼著歌說道：

「哎呀，不過好辛苦喔——要記的東西好多，又很難，感覺就是忙得不可開交～」

「啊——我懂。我一開始也是那種感覺。」

「真的？小夜澄之前也很辛苦？」

「那當然。因為我出道作品也是這種感覺啊～」

感覺彷彿已經是很久以前的事情了。

「塑膠女孩」是重要的作品，但由美子不是很想回憶當時有多麼辛苦。

身處不知該如何是好的狀況，進行著配音、演唱會、錄歌、活動的準備以及正式表演。

她大喊著「呀——！搞不懂啊——！」也不是一兩次的事情。

正因為這樣，她才會想幫助飾莉。

因為第一年就能拿到這麼好的工作，真的很幸運。

「雖說這個工作很辛苦，但我覺得出道作品就是這部，妳運氣真的很好。我也是出道作品特別受到眷顧，所以才能明白。工作數量多、範圍廣，而且還能接到後續的工作。這份工作非常難能可貴喔。」

由美子之所以對「塑膠女孩」感激不盡，也是基於這個原因。

那是她珍貴的出道作品，發自內心感謝的作品。

但是，飾莉的反應卻很奇怪。

「受到眷顧，是嗎……」

「……？」

她自言自語地嘟囔了一句，後來就沒再繼續說話。

儘管臉上仍然掛著笑容，那種感覺卻有點假。

難道是自己講錯了什麼話嗎？

但是，由美子還沒明白理由為何，就到了自動販賣機區。

「喔～小夜澄，有好多種飲料喔～光是運動飲料就很齊全了呢。」

……可能是錯覺吧。

看到指著自動販賣機露出笑容的飾莉，由美子把剛才的不協調感推到了腦袋的角落。

兩人買了運動飲料，回到課程室。

途中，飾莉說出了令人匪夷所思的話。

「話說回來，小夜澄～柚日咲小姐很帥吧。」

「帥、帥嗎……？」

聽到與柚日咲芽玖瑠不相稱的形容，由美子頓時愣了一下。

眼見由美子露出這種反應，飾莉歪著頭感到不解。

「咦——不帥嗎～？我覺得她很冷酷，是嚴以律己的那種人，完全就是個專業人士！今天也是一臉平靜地參加課程，我覺得好帥喔～」

「啊……嗯，這麼說的話也是……？」

她表達的用詞讓由美子覺得愈來愈不對勁，不過這應該是各自眼裡的芽玖瑠有所不同吧。

要說由美子所知的芽玖瑠，就是用超快的語速講乙女的事情，只是貼上去就會滿臉通紅，還會因為粉絲福利而十分開心的可愛前輩。

但是，平常的芽玖瑠確實是酷酷的也說不定。

才剛相遇的時候，芽玖瑠給人的感覺是個冷淡的前輩，而且表情也沒什麼變化。

編劇朝加美玲也是，稱讚芽玖瑠的時候也曾說她「公事公辦且很冷淡」。

她會表現出敵意的對象，也只有工作不像樣的後輩。

所以在飾莉眼裡，她看起來或許就是很帥。

「該怎麼說呢，感覺就像是一匹狼那樣～可以將工作和私底下的一面分開，是個能幹的人！這種感覺很教人憧憬～」

「小玖……柚日咲小姐好像跟花火小姐感情很好喔。」

「這點也很棒啊～有一個能確實信任的對象。如果只是單純喜歡耍孤僻的那種人，那樣其實也是個問題吧？」

好像是這樣。

花火剛才說的「芽玖瑠也是有形象的」就是在指這件事嗎？

確實，不能讓飾莉看到那樣的芽玖瑠。

必須在只有兩人獨處的時候才跟芽玖瑠打情罵俏。

「好，今天的課程就到這裡。辛苦了！」

聽到訓練員這句話，所有人都回應說「辛苦了」。

隨後薄荷立刻癱坐在地上，但訓練員繼續說了下去。

「對了。大家都已經聽經紀人說過了吧？組合練習日和全體練習日已經排到行程裡了，絕對不要忘了喔！尤其是全體練習，因為也做不了幾次。」

由美子明白這點。

畢竟行程上記得清清楚楚，加賀崎也應該不會在那個時間安排工作。

到這一步還是已知的事情，但接下來的事情就是第一次聽說了。

「還有，聽說只要提前申請，就可以讓妳們自由使用課程室。如果能用的話最好還是盡量來喔！」

訓練員這樣說道。

此時有人虛弱～地舉起手。是依然喘著大氣的薄荷。

「意思是……可以在這裡、進行自主練習嗎……？」

「沒錯沒錯。雖說在家也可以做某種程度的練習，但要認真做的話還是到這裡比較好喔。畢竟之後還要邊唱邊跳。這裡有鏡子，隔音也很好。而且，能與其他人一起練習是非常大的優勢。」

「果然……大家一起做的話……更有效果嗎……」

「那當然。畢竟大家要一起站在舞臺上嘛。作為訓練員，我也希望大家一起練習……小薄荷，妳沒事吧？」

見薄荷完全沒有調整好呼吸，訓練員苦笑著問她。

她聽著薄荷虛張聲勢地說「綽綽有餘……」，同時與大家對望。

自主練習。

能練習的話當然想好好練習，而且能使用這裡也讓由美子很感激。

「我把預定表放在這了，大家先決定一下申請的日期。總之先定下這個月的就行了。我先回去了，不過這裡可以用到晚上，妳們可以再商量一下。預定表之後再用智慧手機傳給我吧～」

語畢，訓練員離開了課程室。

四個人再次面面相覷。

這時，芽玖瑠目不轉睛地盯著由美子。

由美子心想「啊，對喔」慌張地開口。

像這種時候，確實是由隊長主導比較好。

「那大家各別在預定表裡填上希望用課程室自主練習的日子吧。記得還要確認自己的行程。等整理好之後就申請吧。」

由美子把預定表遞給大家。

然後，由美子也凝視著組合練習日與全體練習日以外的空白預定表。

就像訓練員所說的，若是要自主練習的話，最好還是利用這個地方。

問題在於，要在自主練習上面花多少時間。

對由美子而言，她想在這次演唱會傾注全力。

她想作為專業人士拿出完美的水準，會這樣想也是理所當然的。

『來比比看誰能讓演唱會的氣氛更熱烈吧，歌種夜澄。』

但更重要的是，不能輸給當面對著自己這麼說的她。

由美子不僅確認行程，還聯絡了經紀人加賀崎。

跟她商量可不可以多安排一些自主練習的天數。

「抱歉，讓妳們久等了。」

由美子邊與經紀人商量邊填寫了預定表，然後回到三人身邊。

她們似乎已經調整完畢了。

由美子確認四個人的預定時間，同時重新整理成一張預定表，但是……

「……………」

明顯呈現兩個極端……

由美子與薄荷安排了很多自主練習的天數，相反的，芽玖瑠與飾莉的天數很少。

芽玖瑠不太能來是可以理解。畢竟工作量不一樣。

但是，飾莉不太常做自主練習又是為什麼呢……

正當由美子還在猶豫要不要追問時，薄荷開口了：

「御花小姐。妳自主練習的天數特別少，這是為什麼呢？」

她用帶刺的聲音拋出非常直接的問題。

由美子對此嚇出冷汗，隨後就聽到飾莉平靜地回答：

「是啊～因為我打工很忙，而且也要準備試鏡和配音吧～？哎呀，聲優要在家做的事情真的很多，好困擾喔。所以，我可能沒辦法經常過來自主練習～」

她很乾脆地說出了這番話。

話語剛落，現場便充滿了難以言喻的氣氛。

由美子明白她想表達的意思。

聲優的工作並不是去錄音室錄完音就結束。

事前的準備會消耗掉大量的時間。

光是檢查劇本與畫面，以及確認資料，要在家做的事情就非常多。

關於試鏡也是一樣，這件事同樣需要準備。

所以，由美子可以了解飾莉的心情，雖然她不想說這種話，但是……

「小飾莉，我知道要打工和準備工作的事情都很辛苦……但如果妳能再稍微抽點時間跟我們一起練習，那我會很開心的。我們自己也要忙學校和工作之類的，但還是想盡可能練習一下啦。」

由美子注意別讓自己講的話很像在施壓一樣，慎選遣辭用句。

然而，薄荷卻像是有了幫手那樣說道：

「對啊！就算柚日咲小姐沒辦法，御花小姐應該能來更多次吧？我覺得這件事並沒有輕鬆到不上課就能跳得好！」

「等等，小薄荷……」

薄荷的語氣就好像在說「男生們夠了喔！」那樣，由美子慌張地阻止她。

這件事沒辦法強迫，而且飾莉的主張也沒有錯。

所幸，飾莉似乎沒有因此而不開心。

她露出為難的笑容，緩緩開口：

「就算妳這麼說～……妳要說柚日咲小姐可以因為工作沒辦法來，我卻不能因為打工而沒辦法來，這樣有點……不過兩位可能是因為不用煩惱生活才能這樣說的～」

儘管語氣與表情都沒有變化，但她的用詞讓由美子她們愣住了。

飾莉還繼續說：

「我來到東京後是一個人獨自生活，所以一直在打工喔。不管多麼認真地準備試鏡，只要沒有合格就拿不到錢，但也不能因此放水。要是參加愈多試鏡，不能打工的時間就會更多，導致生活變得更辛苦。在這個前提下，我只是不去做絕對拿不到錢的自主練習，就必須被這樣責備嗎？」

……這下搞砸了。

薄荷或許也有同樣的感覺，可以看到她的表情變得很緊繃。

剛才的氣勢猛然消失了。

飾莉的聲音與表情依然很柔和，面帶笑容歪了歪頭：

「畢竟兩位都是住在家裡的學生嘛。好令人羨慕喔～但既然是前輩，妳們應該知道新人的薪水很廉價，而且也沒什麼工作吧？」

她說到痛處了。

這件事是由美子她們不對。

飾莉走過的路，她們自己也應該經歷過了。

新人的工作量與薪水難以支撐生活，要準備工作需要時間。這些她們應該早就知道了才對。

如果現在自己是一個人生活，還能說出同樣的話嗎？

儘管自己非常看待這次演唱會，但也不該無視別人的情況。

薄荷頓時僵在原地，在旁的由美子低頭道歉。

「對不起，小飾莉。都怪我講這種傷人的話。我希望妳可以盡可能參加自主練習，但只要在能力所及的範圍內就好，並不是想要勉強妳。」

「不會，我才要說抱歉呢～是說，我也不是在生氣啦～」

飾莉露出開朗的笑容。但她臉上的笑容到底有幾分真實呢？

不過，雖說是表面上而已，但起碼飾莉原諒了自己。

或許是因為這樣，由美子自然地把視線朝向薄荷。

薄荷猛然顫了一下身體。

她臉上的表情依然顯得很害怕，如此大喊。

「我、我才沒有錯！我沒有說錯話……！因、因為、因為！既然是專業的，就必須讓觀眾看到最好的表演，我聽人家都是這麼說的啊……！」

「小薄荷，冷靜點。」

由美子拉住薄荷的手。再這樣下去她就要哭了。

是因為剛好點燃了她的導火線嗎？還是說騎虎難下呢？

薄荷激動地顫抖著那嬌小的身體。

飾莉雖然很尷尬，但還是嘗試安撫她。

「小、小薄荷～我沒有在生氣啦～不要那麼害怕啊～」

「我才沒有害怕！我、我明明是前輩……！為什麼非得被妳這麼說我啊……！」

薄荷像是在威嚇那般，狠狠地瞪向飾莉。

雖說這種發脾氣的方式很像小孩子，但氣氛依然很差。

由美子也覺得很不安，不知道自己會不會又踩到什麼地雷。

此時，一道冷靜的聲音介入。

「……妳們兩人說的話應該是正確的。但就現實上來考量的話，再怎麼樣都會有是否能執行的分界線。這部分也只能每個人在自己的能力範圍內去做了吧。」

剛才一直不發一語的芽玖瑠以平靜的口氣如此說道。

由於她介入的聲音自然到了不可思議的地步，三個人頓時看向芽玖瑠。

芽玖瑠依然是面無表情，沒有看著任何人就繼續說道：

「而且，御花有舞蹈方面的技術。雖然也不是說很厲害就不需要練習，但歌種與小薄荷起碼要先達到御花的水準才行。」

「唔。」

突然，胸口被狠狠插了一根木樁。

……是啊。

飾莉明明是第一次跳舞，卻漂亮地完成了課程。

與她相較之下，由美子與薄荷就沒有跳得那麼好。

可是，她們卻毫不顧慮地說「要多練習一下」，這也難怪飾莉會反問「為什麼？」。

由美子緩緩吐了口氣，然後開口說道：

「唔。總而言之，我和小薄荷會努力自主練習，好追上妳們。所以，我希望小飾莉也可以在能力範圍內努力。這樣可以嗎？」

「好的～我會盡可能調整的～小薄荷，抱歉喔。」

「不，沒事……我也有點不成熟……」

因為從小學生口中講出了這樣的話，薄荷之外的人都不禁感到一陣溫馨。

到了這裡，現場的氣氛總算緩和下來。

到頭來，收拾這個局面的人是芽玖瑠。

待會兒得跟她道謝才行；要做個更稱職的隊長才行。這兩種思緒頓時混雜在一起。

由於芽玖瑠之後還有工作，飾莉要去打工，只有薄荷和由美子留在課程室。

這是為了自主練習。

薄荷還有點沮喪，望著預定表喃喃自語。

「這樣好嗎，歌種小姐……那麼放任她……被後輩講成那樣……」

「好啦好啦……我明白小薄荷的主張，但小飾莉的說法也是正確的喔。不工作就無法生活是合情合理的。」

看樣子薄荷並沒有認同這件事。

她抱著無處排解的想法，在這裡乾著急。

不過，遲遲沒辦法切換心態這點非常孩子氣，很可愛就是了。

薄荷不知道由美子的想法，不甘心地大喊：

「太囂張了！明明才第一年！」

「這樣講不好喔，薄荷前輩。大家要好好相處。而且——」

由美子挺起身子，稍微伸展了一下腿。

在經過一番討論後，身體已經完全冷卻了下來。

「我們是真的沒有小飾莉跳得那麼好。我們先好好練習，變厲害到能讓小飾莉嚇一跳

吧。好到讓她忍不住想說『我要多練習——！』。」

由美子如此提議，隨之薄荷的眼睛立刻閃閃發亮。

她猛然起身，握緊小小的手。

「說得也是！就這麼做吧。首先要讓御花小姐……牙口烏煙……鴨狗無言？牙口屋簷……啞口無言！加油吧，歌種小姐！」

她的心情總算是變好了。

由美子鬆了口氣後，留下來的兩個人重新開始練習。

同時，飾莉當時的表情也讓由美子感到一絲不安。

「好累……拚過頭了……」

由美子感受著全身的疲勞，一個人在走廊上前行。

累爆了。明明是第一次課程，卻留到這麼晚。

練到一半時，薄荷收到家長的聯絡，開車來把她接走了。

由美子雖然也可以在這時候停下來，但她練得莫名起勁，便一個人默默地練習。

有部分也是因為看到飾莉與自己之間的差距，讓她覺得「這樣下去不行」。

她湧起一股危機感，認為自己作為隊長要再更加努力。

「嗯？」

當她走向更衣室時，聽到了某處傳來了聲響。

但是，課程室是隔音的，更衣室和自動販賣機區離這裡很遠。

由美子正感到不解時，她注意到了那個。

有扇門微微開著。

從那間課程室傳出了亮光與說話聲。

……難道是千佳她們？

她們可能也是整個組合一起進行課程。

既然由美子等人能像這樣繼續使用課程室，她們那邊肯定也是一樣的待遇。很難想像會特地把兩組安排到不同的場所。

上課的日子也很有可能在同一天。

若是千佳她們在那……

「…………………」

在意。非常在意。

為了保險起見確認一下……由美子這樣喃喃說了一句，緩緩靠近門。

「……啊。真的是渡邊她們。」

課程室裡有兩個熟悉的少女坐在地上。

其中一個人穿著熟悉的學校運動服。

千佳身穿上體育課時經常見到的裝扮，正坐在地上看著什麼東西。

在她旁邊同樣拘謹地坐好的人是結衣。

她穿的應該是國中的體操服吧。

那不是平常的黑色水手服與刺繡運動服的搭配，而是短袖的體操服和短褲。

她捲起袖子，露出肩膀，將衣襬打了個結露出肚臍。或許她很熱吧。

「是這裡。這裡很難。」

「啊～這裡的舞步。確實很複雜呢！」

千佳那舒服且平靜的聲音，與結衣充滿精神的聲音混在一起在室內迴響。

看來，她們正在用手機看影片。

應該是前幾天傳的課程用的示範影片吧。

千佳一邊嘆氣一邊指向手機。

「抱歉，高橋小姐。這裡，妳可以實際跳一次給我看嗎？」

「請交給我吧！只要是為了夕陽前輩，就算要我跳到腿斷掉也行！」

「這就不必了。」

看樣子，結衣似乎在陪著千佳做自主練習。

千佳不擅長拜託別人，而且她本就不擅長應付結衣。

但是，她現在似乎擺脫了那種心情，仰賴結衣的幫助。

由美子看到她那副模樣，不禁心想「她在努力呢……」。

結衣自己想必也因為千佳願意依靠她而開心得不得了吧。

她充滿精神地開始踏出舞步。

噠噠，踏噠。噠噠，踏噠。

她的腳步很輕快，卻又十分俐落。

結衣嬌小的身體好像站上了舞臺那樣舞動了起來。

「…………………………」

對她的舞姿啞然失聲的不只千佳，在遠處看著的由美子也一樣。

完成度太高了。

咦？今天是第一次上課吧？

是不是只有她一個人在一個月前就練了？這是作弊吧？作弊對吧？

「這樣、這樣、這樣。把左腳往前的時候，要讓腰用力扭一下。」

結衣為了進行解說，以慢動作再讓千佳看了一次。

即使改變節奏，動作也十分完美。

是說，她這樣已經能直接登臺演出了吧？

千佳盯著她了半晌，勉強擠出聲音問道：

「呃，高橋小姐……這個，妳練習了多久？」

「咦？啊，這個嘛……就是拿到資料，看了一遍……就這樣吧……？」

「……………………」

千佳露出失落的表情。

也難怪她會有那種表情。

自己認為複雜又困難的舞步，後輩卻輕而易舉地跳出來。

就算撇除掉千佳是個運動白痴的這點，剛才的舞蹈也不是那麼簡單就能學會的。

那是很厲害的才能。結衣果然很作弊。

然而，千佳只是嘆了口氣，立刻就站了起來。

「……算了。我要借用妳的才能。這次要靠妳了，妳願意多教教我吧？」

「……！夕陽前輩竟然要靠我……！請交給我吧，夕陽前輩——！」

結衣猛然露出開心的表情，眼睛閃閃發亮。

彷彿要用身體表現這種喜悅那般，她用力抱住千佳。

隨後，千佳「唔呃」一聲發出了難受的聲音。

「我明白了！我隨時都可以幫助夕陽前輩！無論什麼事都可以跟我說！有必要的話，我會在夕陽前輩跳到完美之前絕食！我們一起加油吧！」

「很沉重耶……」

而且好近……千佳雖然如此抱怨，但還是任由結衣抱著，放棄了抵抗。

結衣那雀躍的反應，就像好久沒人陪玩的小狗。

由美子內心對眼前的景象升起了一股暖意，便悄悄離開了現場。

她走在無人的走廊。

「她們兩人都在努力啊……我在家的時候也再多練習一點吧……」

充滿才能的結衣與在她身旁的千佳都那麼努力了。

千佳目睹到結衣的才能，應該會進一步磨練自己。

既然自己說要贏過千佳她們，就必須更加努力才行。

「好。我也得努力才行了。」

因為自己是隊長。

千佳一定也在努力當著她不習慣的隊長。

由美子鼓起了幹勁。

第二天早上。

由美子穿過車站的剪票口，一如往常地走在上學路上。

這時，有人輕輕地拍了她的背。

「早啊，由美子。我們一起走吧。」

「早，若菜。妳今天也是一大早就很有精神呢。」

由美子回頭望去，看到了面帶笑容揮手的川岸若菜。

她拿著星巴克的杯子吸了一口，隨後把臉湊了過來。

「噯噯，由美子。我覺得差不多要開始出現校外教學的話題了。」

「啊——對耶。感覺應該快了吧？」

校外教學是在五月底。

這是學校生活中最大的活動，而且一想到大家要一起旅行就令人雀躍不已。

若菜晃著身體，像是在表達內心的雀躍一樣。

「然後啊～我想到時候應該會要求我們分組，我先預約由美子嘍。」

「嗯。我也打算跟若菜一起啦，不過其他的成員該怎麼辦呢～一組是五到六人來著？」

同班同學的臉一個接一個浮現在腦海。

關係好的那個同學，還有那個人和這個人，由美子想著想著，發現五六個人根本不夠。

這種時候，由美子總是會放棄思考。

「我覺得由美子肯定是先講先贏，所以想說先預約起來。」

若菜抱著由美子的手臂，淺淺一笑。

確實，由美子總是先被人邀請一組。

說先講先贏也不見得是錯的。

「然後啊，由美子。校外教學，妳想不想跟小渡邊一起去？」

「啥？」

若菜一臉開心地講出奇怪的話。

由美子搖了搖頭，嘆氣說道。

「不想啊。我平常跟她在一起的時間就夠久了，為什麼還要特地那樣。」

她反射性地回嘴。

而且，她和千佳已經在節目裡參加過校外教學了……雖然是在都內。

下一刻，若菜就好像是在等著這句話般豎起了食指。

「哎呀～妳想想嘛。由美子和小渡邊的廣播，賣點是『同一間高中又剛好同班』對吧？在主持廣播節目的兩個人要一起去參加校外教學，這不是非常罕見嗎？」

「…………………」

該怎麼說呢，她現在愈來愈會掰理由了。

總是會說些很像有那麼一回事的話。

「這個嘛……嗯……是沒錯……」

由美子從未聽過廣播的主持人會一起參加校外教學。

應該會是個不錯的哏。

此時，編劇朝加與經紀人加賀崎浮現在由美子的腦海，指著她說「妳們應該一起逛」。

而且，若菜在絕妙的時機補了一句話，讓由美子更願意去邀請千佳。

「而且，我也想跟小渡邊一起參加校外教學啊～我想要三個人一起創造回憶啦～好嗎好嗎，由美子～」

「若菜，妳還真喜歡渡邊耶……」

由美子被若菜不斷搖著肩膀，同時開始思考。

既然若菜這麼希望，由美子當然也想順著她的意。

千佳與若菜莫名合得來，要逛的話，這三個人的組合也不壞。

那麼——

「啊……那要邀渡邊？與其說邀，若菜妳去跟她講啦。」

「咦～不要。由美子去邀啦。」

「為什麼啊？」

明明是自己提出來的，為什麼現在又反悔？

正當由美子感到疑惑時，若菜攤開雙手說：

「因為啊，與其我去邀請，最好還是由美子主動邀她嘛。只要提到廣播的事情，小渡邊就會比較容易答應，但由我說出來也很奇怪吧？」

「唔……嗯……這樣啊……」

說不定就是這樣。

即使若菜用普通的方式邀請，那個彆扭的傢伙也可能會隨便找個藉口敷衍然後逃走。

該說是自己非常了解千佳的生態嗎？

看來還是自己去邀請比較好。由美子如此心想，嘆了口氣。

「啊，妳看妳看。由美子，小渡邊已經來了喔。」

「嗯……」

由美子剛踏入教室，就聽到了學生們閒聊的吵雜聲音。

而千佳好像要與世隔絕一樣，獨自一人坐在那。

她靜靜地玩著手機。

如此熟悉的景象，即使升上三年級也依然沒變。

「好了，快去快去。」

若菜笑咪咪地推了由美子的背。

由美子吐了口氣，然後走近千佳的座位。

「渡邊，早安。」

「……早安？」

千佳一臉匪夷所思地抬起頭。

平常由美子早上根本不會打招呼。

更何況是特地走到她的座位附近。

果不其然，千佳露出嘲諷的表情，抬頭望著由美子。

「居然還特地來說早安，難道妳以為這是在工作現場？終於有後輩的自覺了？」

「妳這個才第三年的別睡迷糊了。如果這裡是現場，禮貌上應該是妳要問候我吧。」

「我作為演員是第五年。所以，怎麼了？我手頭可沒有那麼多錢喔。」

「為什麼會覺得我走過來就是要跟妳討錢啊？才不是咧。」

由美子嘆了口氣，低頭盯著她看。

畢竟這次的要事比較特殊，由美子也因此有點緊張。

她就像要擺脫緊張的情緒那般，直截了當地詢問：

「渡邊。妳校外教學的分組已經決定了嗎？」

「啥？」

就像是在表示不懂對方的意思那樣，千佳愣住了。

但是，她立刻狠狠瞪向由美子。

「又來了又來了，又開始妳最擅長的展示優越感了。竟然一大早就特地過來秀優越，看來妳的精力充沛到都滿出來了吧。乾脆去外面裸奔一下如何？」

「渡邊妳才是吧，不僅充滿活力，還愈來愈淘氣了呢。我只是很普通地問個問題，別這麼容易受刺激好嗎？開始脫衣服的人是妳吧。」

由美子以傻眼的聲音回應後，千佳用鼻子哼了一聲。

她就這樣用手托著下巴，抬頭看著由美子。

「還沒決定。我也不打算決定。我想應該會被自動分到多出來的組別。」

「…………」

她習慣了啊……

從這點可以看出，她以前都是嫌麻煩就隨波逐流。

由美子感覺這很有千佳的風格，接著總算是說出了來意。

「校外教學的時候，要不要和我們一起逛？不過現在的成員只有我和若菜兩個人。」

「啥……！」

千佳發出高亢的聲音，瞪大雙眼。

很難得看到她這麼驚訝。

不過這也沒辦法。不管怎麼想，由美子都在做不適合自己的事情。

竟然說什麼要在校外教學的時候一起逛。

這不就像普通的朋友一樣嗎？

千佳的表情從驚訝中逐漸恢復，這次又皺起了眉頭。

「妳是認真在邀我？如果是想故意找我麻煩，那就太惡質了。」

「我知道啦。我才沒那麼壞心眼，這是認真的。跟我來同一組吧。」

由美子坦率地說完自己的想法後，千佳就目不轉睛地盯著她。

由美子無法忍受這樣的視線，不由得看向了旁邊。

但是，千佳好像因此理解到她這個邀約是認真的。

「那個，佐藤。」

千佳擺出嚴肅的表情，說出答覆。

「不需要。」

「為什麼啊？」

有人會在這種狀況下拒絕嗎？

而且她的語氣超認真的。

千佳用前所未有的認真語氣說出了理由。

「想跟佐藤一組的人肯定要多少有多少吧。畢竟這是一輩子一次的校外教學，我不想打擾妳，也不想打擾妳的同伴。」

為什麼她就只顧慮到這個地方啊？

明明平常總是嘲諷由美子和周圍的人。

被她在奇怪的點顧慮了……應該說，或許這代表「渡邊千佳」的自我評價就是這麼低。

由美子悄悄進行了一次深呼吸。

既然這樣，自己也必須好好把想法告訴她。

「……是我和若菜想和妳一起去。我們想和妳一起參加校外教學。」

真是的……

真希望她別讓人一大早就說這種難為情的話。

由美子感到體溫在逐漸上升。

她察覺到自己已經開始臉紅，不禁想把臉撇向旁邊。

但是，她覺得這樣做好像顯得自己太過在意，所以還是筆直地注視著千佳。

「…………………」

千佳仰望著由美子，僵在原地。

她們就這樣對視了半餉。

然後，千佳再次用手托著下巴，以傻眼的口氣說道：

「……妳最近真的很喜歡我呢。」

「才、才沒有咧……可以別故意找麻煩嗎……？」

臉急劇發燙。

雖說剛才做的那些事情會讓她這麼想也是情有可原啦！

不對，慢著慢著。

為什麼現在的氣氛好像是自己非常想跟她一起逛一樣啊！

這份害羞的感覺讓由美子自然地提高了音量。

「話說在前頭！我想和渡邊一起逛，是因為這樣可以在廣播開個話題！是為了聊一些生活趣事！要不是那樣，我怎麼可能跟妳這種性格惡劣的女人一組！」

「啊——是這麼回事啊。我懂了。那妳一開始這麼說不就好了。」

「…………唔！」

咿——！這句話讓由美子頓時氣得想跺腳。

受夠了，真的受夠了，真不該接下這件差事！

「這樣的話，就讓我加入妳那組吧。」

正當由美子在內心大吵大鬧時，千佳不以為意地說道。

之後，她這樣嘟囔了一句。

「而且，跟佐藤同一組的話，有很多可以參考……」

「什麼？」

聽到由美子回問，千佳頓時回神。

看來剛才那是在自言自語，千佳說著「沒什麼」把頭轉向一旁。

雖然有些無法釋懷，但目的已經達到了。

由美子姑且先確認一下。

「那渡邊，我們到時就一起逛，可以吧？我也會跟若菜說一下。剩下的人，應該會找先來問我們的人一起吧。」

「嗯。」

千佳仍然看著不同的方向，小聲回應。

這時，由美子注意到了。

她耳朵很紅。

由美子原地蹲下，與千佳對上視線。

往眼前一看，她發現千佳的臉紅到無所遁形。

「妳在害羞什麼啊，渡邊？聽到我邀妳同一組，妳很開心嗎？噯？」

「妳好煩。才沒有那種事。」

「看我這邊啊，小千佳。來嘛來嘛。」

「好煩。去旁邊啦。我真的很討厭妳這種地方。」

看來在最後關頭報了一箭之仇。

今天就這樣饒了她吧，由美子如此心想，笑著回到了自己的座位。

由美子向若菜打出ＯＫ的手勢後，若菜也以滿面笑容回應。

真期待校外教學！

「『皇冠☆之星☆廣播！』」

「嗨，大家好～我是飾演海野玲音的歌種夜澄～」

「大～家好～我是飾演大河內亞衣的御花飾莉～」

「所以，『皇冠☆之星☆廣播』第3回開始了！本節目是幫大家介紹各種『皇冠☆之星』相關資訊的廣播節目！」

「沒錯！這次是我們兩個人來主持～」

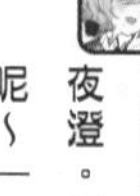

「呃——飾莉竟然才出道第一年！所以，聽說妳也是第一次上廣播節目？」

「就是啊～所以我好緊張～不過，幸好搭檔是小夜澄。如果跟不認識的人一起主持感覺會更緊張呢～」

「是啊～如果什麼都是第一次嘗試，會有很多地方做不來呢～不過，小飾莉看起來倒是沒有那麼緊張。」

「經常有人這麼說～我明明很緊張，他們卻說『妳應該不會緊張吧？』這樣感覺就有點吃虧。」

「別突然用這麼認真的語氣啦。」

「這是很嚴重的問題喔～」

「不過，我也覺得跟小飾莉一起主持會比較放鬆～畢竟我們在同一個組合，碰面的機會也很多。」

「就是啊～不僅演唱會的課程很頻繁，還有參與動畫的錄音。然後是這次廣播錄音，我們超常見面的呢～（笑）」

皇冠☆之星☆廣播！

「是啊～啊，好像有來信。這是化名『剩三秒截止』同學的來信。『夜夜、御花小姐，妳們好！』。」

「你～好～」

「『御花小姐在這部作品出道，所以是非常新鮮的新人呢！希望妳可以告訴我，妳與周圍的前輩做了什麼樣的交流。她們意外地嚴格嗎？』這樣。前輩們……我們都很溫柔吧？」

「唔～？」

「喂？」

「開玩笑的啦（笑）大家真的都很溫柔～也告訴了我很多事情，我覺得很開心喔～啊，比如小薄荷。」

「嗯？小薄荷？……呃，哪方面？」

「哎呀～小薄荷很溫柔～經常主動跟我搭話～該怎麼說呢，就好像有了個妹妹一樣，讓人覺得好可愛啊～小薄荷很可愛對吧？」

「啊，是這個意思……是啊，雖然她是個小學生，但是非常可靠——」

to be continued……

「ＯＫ了。」聽到這句話，由美子摘下了耳機。

她偷偷地嘆了口氣。

該怎麼說呢……這麼講其實不太好，但這次錄音的感覺很不順。

「辛苦了～小夜澄，謝謝妳在旁邊幫了我好多忙。果然跟熟悉的人配合就很好聊呢～」

「辛苦了——小飾莉，妳好厲害喔。很會聊天，讓人不覺得妳是第一次喔。」

「咦？是嗎？我好開心～」

飾莉聽到後頓時笑顏逐開。

沒錯，並不是因為飾莉是第一次主持廣播而覺得不順。

她反而對答如流，讓人感覺她非常有膽識。

而且她還有互開玩笑的餘裕，完全沒讓人感覺到緊張。

但是，該怎麼說呢……由美子一直很提心吊膽。

應該是有種不安的感覺吧，她好像一個不小心就會說出不該說的話。

因為是錄音，不恰當的發言可以事後剪掉，而且到最後飾莉也沒有任何失言，所以那不過是杞人憂天。

但是，不知為何感覺她是故意這麼做的。

感覺她很像在營造一個由美子不得不幫忙救場的狀況，藉此掌握主導權。

周圍的人應該不會注意到，她本人說不定也覺得沒有穿幫，但剛才試圖擺布由美子的舉動是出於她自己的意志。

「…………」

由美子不曉得理由。話雖如此，開口問她也不是很恰當。

總之歸咎於這點，由美子變得比平常更加緊張，現在頓時覺得疲勞。

因此，她不禁有了軟弱的想法。

想回去。

「…………？」

她自己這樣想，隨即注意到這種想法很奇怪。

想回去，是要回去哪裡？

正當由美子在內心感到疑惑時，飾莉開口了：

「話說，小夜澄。下次有全體練習吧。妳經常會自主練習嗎～？」

「啊——是啊。我們在優先練習合唱曲，應該是練了不少。」

再過不久就是第一次的全體練習。

之前是四個人一起跳舞，這次是翻倍的八個人一起。

由於需要確認兩個組合的隊形，並配合舞步，要是不先把流程牢牢用身體記住的話就糟糕了。

而最重要的是，會被千佳看到自己目前的實力，而由美子也會看到她的。

下次練習是重要的期中發表。

所以在自主練習時，由美子也是優先練習合唱曲，只是……

飾莉合起雙手，露出為難的表情說道：

「我也想盡可能參加自主練習～……但依然有很多事情忙不過來。」

「我知道啦。能來的時候再來吧。在不會勉強自己的範圍內去做就行了。」

飾莉會參加組合的練習，而且水準也保持得很好。

只是因為太忙，自主練習的次數比較少而已。

這點並不是什麼大問題——但這道鴻溝著實教人在意。

飾莉很容易相處，卻又總覺得她好像維持在退一步的地方。

有距離。感覺有道牆壁。

剛才錄音時之所以會覺得哪裡怪怪的，應該也是出於這個原因。

可以感受到一種絕不讓別人深入、偏向防禦性質的東西。

既然今後要一起努力下去，這道牆就教人感到寂寞，而且也會發生問題。

現在薄荷依然看不慣不願積極參加自主練習的飾莉，很可能導致兩人因此不和。

由美子不希望再發生上次那種狀況。

必須想辦法處理才行。

在尋找這個方法的同時，她們自己要先追上飾莉。

運動鞋的聲音在寬敞的課程室裡不斷響起。

她們配合曲子，再三反覆跳著已經重複幾十遍、幾百遍的動作。

鏡子前有兩個人。

穿著運動服的由美子，以及穿著體操服的薄荷。

這個景象也已經耳熟目染了。

「好，稍微休息一下吧。」

由美子在曲子結束的時候，向薄荷如此提議。

隨後，薄荷立刻倒在地上。

「啊嗚……腳……都腫起來了……好重～……」

呼吸也是上氣不接下氣，她滿身是汗地趴在地上。

因為她練完都會變成這樣，所以由美子沒有在意，直接去拿飲料。

「來，小薄荷。」

「謝、謝妳……」

由美子把水壺遞過去後，她總算是在原地坐了起來。

薄荷將水壺湊到嘴邊。

小小的喉嚨動了幾下，把水壺裡面的東西一口氣灌下去。

「呼……活過來了……」

她好像整個人清醒過來那樣，感慨地這樣低語。

看到她那種語氣和那樣的反應，由美子不由得笑了出來。

薄荷一天裡會有好幾次差點倒下，但她也成長了相當多。

「小薄荷，妳現在變得滿有體力的了。以前應該會更快累倒呢。」

「當然。畢竟我練習了這麼多次，現在也愈來愈掌握舞步了。我都為自己的成長感到害怕呢。」

她挺起小小的胸膛，引以為傲地說道。

那副樣子實在讓人胸口湧起暖意，而且也讓人感到可靠。

如她說的，經過連日練習，她現在已經變得相當會跳了。

這是自主練習的效果。

不過，說實話。

她居然能努力到這個地步，說意外也還挺意外的。

「看到薄荷前輩這麼努力，姊姊有點吃驚呢。我覺得我們的練習相當辛苦，但妳還是能確實跟上……是有什麼理由嗎？」

由美子想觸碰薄荷的內心，問了深入的問題。

薄荷聽到後，露出了彷彿在迷惘的表情。

從她沉默了一陣子的狀況來看，這件事似乎很難以啟齒。

但最後，她堅定地、激動地訴說內心的想法。

「因為很不甘心啊！都被御花小姐說成那樣了！可是，她沒什麼練習卻跳得很好，所以我才討厭啊！我想變得比御花小姐更厲害，讓她著急！」

她用鼻子喘著大氣。

看來她很不服輸。飾莉對她說的話似乎讓她相當不甘心。

應該說，這個部分感覺也很孩子氣嗎？

看到她說出自己的心裡話，讓由美子沒來由地覺得她對自己敞開了心扉。

說不定是因為她們最近一直在一起練習的緣故。

但是，薄荷的表情突然蒙上一層陰霾。她用手擦汗，同時看著前方。

她邊整理淩亂的呼吸邊緩緩說道：

「……而且，現在的我就只是個聲優。如果能夠以聲優的身分取得成功，我什麼事都會做。」

「…………………」

想必她也背負著一些東西吧。

雖然只是想像，但由美子有頭緒。

薄荷因為出道作品一舉成名，有一段時間是電視上的當紅炸子雞。

但是，這幾年並沒有在電視劇與電影裡面看過她。

也許跟這件事有關。

但是，再繼續下去就是不該繼續深究的領域了。

薄荷好像在掩飾一樣猛然起身，握起拳頭。

「來，歌種小姐！我們繼續練習吧！畢竟全體練習就在眼前了。」

「是是是。薄荷前輩果然了不起。」

由美子露出苦笑站了起來。

她現在還不知道薄荷心裡是抱著什麼樣的想法。

看到她被情緒驅使，著急到沒有餘裕的樣子實在令人擔心……

但她努力的程度就連大人也為之汗顏，拚命地堅持到了現在，由美子不想阻止她。

於是，全體練習的日子到了。

今天是兩個組合聚在一間課程室，上合唱曲的課程。

為了這一天，她們優先練習了合唱曲。

這是無比重要的期中發表。

她們將會親眼看到彼此的組合在這個時間點的完成度到什麼地步。

所以自然會充滿幹勁。

由美子進入課程室後，已經有幾個人開始做暖身運動了。

因為人數也比較多，房間裡非常熱鬧。

「喔，是小歌種。嗨～」

「啊，夜夜前輩——！辛苦了——！」

穿著運動裝的花火與結衣過來打了招呼。

花火旁邊的芽玖瑠則是冷淡地說了一句「早安」。

像這樣跟其他人打著招呼的時候，有個人就是讓由美子很難不去在意。

「嗯。」

「喔。」

交流真的很短，根本稱不上是打招呼。

是千佳。

不管是在學校，還是在廣播錄音間，或是在「瑪修娜小姐」的錄音現場，明明平常都能

很正常地對話。

但不知為何，她們在這裡甚至無法對視。

兩人內心的火焰劈劈啪啪地爆開。

——不想輸。

各自的意志導致她們不禁採取冷淡的態度。

有部分也是因為緊張。

對方怎麼樣？

自己這邊怎麼樣？

在這個當下——哪個組合更勝一籌？

「辛苦了——喔，大家都到齊了啊——」

兩名訓練員打開門走進課程室。

平常訓練員會分別指導各自的組合，但今天似乎會兩個人一起看著全體練習。

大家根據兩名訓練員的指示，確認隊形之類的細節。

確認了流程一陣子後，訓練員這樣說道：

「那麼，先把合唱曲跳一遍試試吧？」

來了。

其他人應該沒有那麼緊張，但由美子被一股酥麻的緊張感所支配。

她做好覺悟，走向指定的站位。

鏡子裡映出八個人各自的站姿。

正當她們瞪視著眼前的鏡子時——曲子開始了。

身體自然地動起來。這是與薄荷一起重複了無數次的動作。

只是聽著曲子，就算沒有刻意為之，手也會自己動起來，腳跳出舞步，跟上節奏。

其他人也是一樣。

各自的手腳都如同波浪般擺盪，然後，配合到一起——

曲子結束了。

每個成員都擺出指定的姿勢，在指定的位置停下了動作。

「好，可以了。」

訓練員啪一聲拍了下手後，所有人都解除了姿勢。

她們喘著大氣，等待訓練員的指示。

兩位訓練員把臉湊近，正在小聲地說些什麼。

應該是在討論接下來的方針以及該提醒的部分吧。

由於空出了等待的時間，由美子的視線自然被千佳吸引過去。

意識差點移到比賽上面。

然而，她的視線停在薄荷身上。

「……………………」

因為薄荷笑嘻嘻的，看起來一臉開心。

她想忍住笑，但又沒辦法，因此變成了奇怪的表情，鼻子一抽一動的。

「小薄荷，妳變得很厲害了呢！對妳刮目相看喔！」

訓練員這樣告訴她後，薄荷就驕傲地挺起胸膛說：「這是當然的。」

「再來就是平衡了呢。和周圍的動作——」

接著訓練員開始指點動作，但薄荷究竟有沒有認真聽呢？

她一直不時地瞥向飾莉那邊。

另一方面，飾莉的動作不夠精湛。

「御花小姐應該要更注意指尖。直到最後都不要跳得太隨便。還有，舞蹈要好好記在腦海喔。」

「好的——對不起～」

飾莉露出了很沮喪的反應。

她跳到一半搞錯了舞蹈動作，差點撞到別人，整體上不怎麼穩定。

這是第一次，所以也不算什麼大問題，但她需要注意別跟其他人拉開差距。

這點由美子也是一樣。

「可惡……」

她悶聲如此低語。

飾莉雖然有失敗，但整個組合的水準正在確實地上升。

然而——對方的組合比這邊還要好上一兩個階段。

「夜祭小姐與高橋小姐。關於副歌——」

在訓練員指點時，由美子以眼睛追著她們的身影。

結衣是天才。

之前才稍微看了一下就覺得她完成度就很高，現在也許已經稱得上完美了。

花火與芽玖瑠一樣，好像沒太多時間參加自主練習，但她還是跳得很好。

「羽衣小姐有時候節奏會比較慢，這部分要注意一下——」

羽衣纏入行第一年，卻是在場最年長的人，她的動作有些地方很生硬，但問題點好像不算太多。

「夕暮小姐——」

然後，夕暮夕陽。

她原本就不擅長運動。可以說是運動白痴。

玩籃球時會讓球打到頭，玩躲避球會用臉去接，有不少笨拙的地方。

但是，在鏡子前舞動的她十分華麗。

不知是經過了多少淬鍊才能累積出這樣的結果。
由美子唯一知道的——就是她的技量比自己高竿。
而整個組合的水準也是一樣。
就現在來說，「奎宿九」贏不了「河鼓二」。
完全比不上。
與她們相比，什麼都顯得不足。
那麼——也只有繼續為心中的火焰添加柴薪了。

全體練習結束，這一天宣告解散。
在每個人準備回去的時候，由美子舉起手示意眾人。
「抱歉——『奎宿九』的成員可以過來一下嗎——」
芽玖瑠默默地把視線朝向這邊，飾莉回應說「怎麼了——」。
薄荷則是以小跑步……很可愛地靠了過來。
「河鼓二」的成員當然沒有反應，但唯獨千佳一直盯著這邊看。
兩人視線交會。
接著，千佳僅用手勢表達了這件事。

『我們的組合，更棒。』

「…………………唔。」

由美子看到她的手勢明顯是在挑釁，腦袋差點就一口氣沸騰。

千佳明明沒說一句話，但由美子卻完全理解她想表達什麼，這讓她更是火大。

然而，就現狀來說也只能承認這一點。

千佳只對由美子進行了無聲的勝利宣言後，就這樣走出了房間。

現在不是對千佳不爽的時候。

為了超越千佳，必須跟大家好好商量一下。

「抱歉，麻煩大家給我一點時間。我要講關於這次的全體練習。」

三個人湊齊之後，由美子開始繼續說道：

「我覺得『河鼓二』她們跳得非常棒，遠遠贏過我們。」

三個人似乎都有相同的感覺。

芽玖瑠與飾莉點了頭，薄荷則是好像突然回過神來那樣大喊。

「就、就是啊！感覺有很大差距。再這樣下去我們會輸的！」

而對這句話作出反應的人是飾莉。

她將手指抵在臉頰，微微歪頭。

「覺得輸給她們的想法不是很奇怪嗎～？演唱會是大家一起合作創造的東西吧？我覺得

這當中沒什麼輸贏，也沒必要競爭啊～」

聽到這句話，由美子有了種被潑冷水的感覺。

彷彿自己正打算說的事情被搶先一步否定掉了。

但是，由美子立刻整理思緒。

飾莉說的話確實沒錯，但自己接下來要說的事情應該也是正確的。

然而，薄荷先出聲了。

「這次演唱會的形式是『奎宿九』VS『河鼓二』耶！這不就是比賽嗎！所以也會有輸贏啊！」

「小薄荷——那是演唱會的表演啦～沒有人真的覺得是比賽喔～就算有，也只有小薄荷喔～」

薄荷一聽，頓時火冒三丈。

感覺飾莉或許是覺得薄荷很可愛，故意在激怒她一樣……

由美子清了清嗓子，將話題重新拉了回來。

「也許沒有必要競爭，但既然是要站上同一個舞臺的成員，呈現的表演就不可以有差距吧。我想說既然這次感受到了差距，就讓我們努力追上她們吧。」

根據見解的不同，也可以說是「我們已經落後對方的組合了」。

訓練員這次什麼都沒說，但若是繼續拉開差距，她們肯定也會提醒的。

「原來是這樣啊～這點我也明白喔～都怪小薄荷說得很奇怪，害我誤會了啦。」

聽到飾莉這樣說，薄荷再次火大起來。

正如飾莉順利理解的那樣，到這裡為止是正確的。

但是，接下來。

由美子猶豫該不該說出口。

「歌種。」

這時，芽玖瑠的聲音響起。

她用平靜的語氣，簡短地說道：

「如果有想說的事情，好好說出來就行了。」

……這種時候，由美子總是會切身感覺到芽玖瑠果然是前輩。

她的迷惘因此消失。

由美子決定坦率地說出自己的心情。

「那個，我要說非常個人的事情。」

聽到她語氣的變化，讓飾莉和薄荷立刻作出反應。

她們不發一語，傾聽由美子接下來要說的話。

「我想贏。想贏過『河鼓二』。我想比她們的組合跳得更好，想要唱得比她們更好聽，更能炒熱氣氛。我不想輸。就算沒有人看待輸贏，我也想在自己心裡認為『我贏了』。」

或許是因為這番話帶著熱量，飾莉沒有否定。

飾莉觀察由美子的臉，如此低喃：

「那是因為，夕暮小姐在那邊？」

被看穿了。

反正已經講出了個人的感情了，那麼乾脆全說出來或許也好。

於是，由美子決定坦承一切。

「對。因為我們發生了很多事，我唯獨絕對不想輸給那傢伙。雖說只是形式上，但這次演唱會是組合之間的比賽。而且，我們彼此都當了不同組合的隊長。在這個當下，對我們來說就已經是不能輸的比賽了。」

真的是很個人的感情，由美子對此感到歉疚。

儘管算不上藉口，她又繼續補充下去。

就是製作人對她們講過的事情。

「這是我個人的堅持，但榊小姐也說過應該要這樣。我們的熱量絕對會傳達給觀眾。不想輸的這種想法會讓演唱會會場的氣氛變得更加熱烈。為了讓觀眾看到更好的舞臺，我希望也能和大家共享這種不想輸的心情。」

這次就是這樣的演唱會。

各自抱著炙熱的念想互相碰撞，這將產生出更強的熱量。

製作人就是想要看到這種狂熱，才會讓千佳和由美子擔任隊長。

如果不只是個人的堅持，而是所有人都抱著這種想法互相碰撞的話。

到時肯定能產生難以置信的熱量。

「哦。」

飾莉目不轉睛地盯著由美子的臉，這導致由美子突然強烈害羞了起來。

這些事情其實不太想告訴別人。

只是，由美子本來沒打算講得這麼誇張。

只要能讓她們覺得自己講得有道理就可以了。

由美子原本是這樣想的……

「這樣啊。原來妳們兩人有這樣的想法啊。還在那樣……」

不知為何，從飾莉的聲音感受不到感情。

她臉上掛著友善的笑容。

但是，無論是表情還是聲音，都沒有溫度。

至少——她看起來沒有被打動。

這番話反而感覺別有深意。

「……小飾莉，妳有什麼話想對我說嗎？儘管說出來沒關係喔？」

「咦～？沒有啊～？為什麼？」

飾莉莞爾一笑，歪了歪頭。

笑容的面具很厚。

正當由美子因為無法剝落那個面具而感到失落時，芽玖瑠冷靜的聲音傳了過來。

「一部分聲優粉絲知道歌種和夕暮之間的關係。只要創造出這種構圖的話，應該會有不少熱情的粉絲。而這種粉絲往往都會想把自己的心情傳達給周遭。這樣一來熱度就會擴散。所以，我認為以這個形式炒熱氣氛是不錯的判斷。」

飾莉與薄荷同時說「原來如此」。

不愧是柚日咲芽玖瑠，十分清楚聲優粉絲的心情。

搞不好連這番話也是代替藤井小姐說的。

的確，很容易想像到她對花火講「那兩個聲優實際上認為彼此是競爭對手而且這件事粉絲都已經知情了應該說是眾所周知的事實然後這次的構圖是這兩個競爭對手要在舞臺上作為組合的隊長互相碰撞這實在是太感動太感人了」。

她甚至很有可能已經這麼說了。

這時，薄荷拍了一下手。

「哎呀，聽起來很不錯啊。既然個人的堅持就結果來說有取悅到觀眾的話。我也不想輸給她們的組合。大家一起好好合作，去跟她們對抗吧！」

「是啊～畢竟隊長都這麼說了嘛～必須加油才行呢～」

「！御花小姐，那種說法是什麼啦！而且妳……！」

薄荷莫名地就開始頂撞飾莉了。

總之，心情傳達出去了。

希望大家也會覺得不想輸。

由美子相信這樣做可以帶來好結果，所以才說了出來，但究竟有沒有打動她們的心呢？

「…………」

由美子看向飾莉和薄荷。

不論再怎麼傳達自己的心意，如果對方沒有「想要一起努力」的心情，肯定也沒有任何意義。

作為隊長，還有什麼是自己能做的嗎？

由美子像這樣思考著這些事情，被捉弄的薄荷突然露出了開心的表情。

她好像立了大功那般，指向飾莉。

「御花小姐？對我擺出這種態度，這樣好嗎！剛才的課程，妳好像跳得很辛苦呢！跟我的實力差距一眼了然……一日了然？一模了然……總之有很大差距！妳不會覺得不甘心嗎？」

薄荷用鼻子哼了幾聲，挺起胸膛。

她看起來真的很開心。

實際上，薄荷很努力，今天的動作也非常好。

飾莉或許也承認了這一點，坦率地誇獎薄荷。

「哎呀～嚇了我一跳呢～小薄荷真的變得很會跳了耶。好厲害啊～」

飾莉說著說著，開始摸起薄荷的頭。

……不對，那是在捉弄她吧。

她很刻意地把薄荷當孩子對待。

「哼哼！可以再多誇一些喔！請盡情地摸我的頭吧！」

不過意外的是，薄荷接受了這個舉動。

她挺著胸膛，一臉滿足地讓對方摸頭。

她明明很討厭被當成孩子，卻喜歡被摸頭啊……這孩子真不可思議……

本打算捉弄對方，對方卻沒有抗拒，這讓飾莉也打消了調侃她的念頭。

她露出放鬆的笑容，繼續摸著頭。

然而，她的手猛然停下了。

因為薄荷說了多餘的話。

「總之，這就是自主練習的成果。御花小姐也得多練習一下。妳之前說過打工很辛苦，但可以想個辦法解決吧？應該要減少打工，騰出時間才對喔。」

或許是因為情緒亢奮，她又開始講這件事。

這件事在之前明明已經有了結論啊。

還是說，薄荷依然沒認同……應該說是還沒能理解嗎？

由美子來不及阻止，薄荷就滔滔不絕地繼續說了下去。

「如果說沒有錢，應該還有其他辦法吧？比如拜託媽……拜託父母。由於生活費而沒辦法好好當個聲優，這樣不行吧？跟父母商量一下如何？這樣就算不用打工——」

「小薄荷。」

由美子忍不住抓住了薄荷的肩膀。

不能這樣侵門踏戶。太不顧慮別人的感受了。

但是，薄荷露出錯愕的表情，仰視由美子。她沒有理解。

由美子覺得必須說點什麼，但因為事出突然，腦袋轉不過來。

然後，她聽到了一聲真的非常微弱的嘟囔。

「我也想要不用擔心生活，一直線地追夢啊。」

由美子慌張地看向飾莉。

她的臉上掛著一如往常的鬆軟笑容。

飾莉用平靜的聲音，溫柔地回答薄荷。

「對不起哦，小薄荷。我沒辦法依靠父母～因為我家很窮。我說要當聲優的時候，他們也是大發雷霆呢～幾乎已經斷絕……啊——好像已經不當我是女兒了。窮人追夢或許會讓妳

覺得不愉快，但我希望妳能通融一下呢。」

為了好好跟小孩子說話，飾莉臉上明明掛著笑容。

但是，這番話足夠讓薄荷會意過來了。

薄荷終於注意到自己的失言，滿臉鐵青地低頭道歉。

「對、對不起……」

「對不起什麼？不用在意啦，畢竟是真的嘛。啊，對不起，打工的時間到了～」

飾莉面帶笑容，說了句「辛苦了」便離開了課程室。

由美子慌張地追向她。不能就這樣眼睜睜看著她離開。

她拋下垂頭喪氣的薄荷與始終保持沉默的芽玖瑠，匆忙地離開了房間。

「小飾莉。等一下。」

所幸，走廊裡沒有人，由美子很簡單地就能向她搭話。

但是，她沒有繼續說下去。

正當她猶豫著該說什麼的時候，飾莉緩緩回頭望了過來。

她臉上露出了為難的笑容。

「對不起哦，小夜澄。我把氣氛搞得這麼僵。太不成熟了呢～」

「沒有那種事……」

儘管嘴上這麼說，由美子還是想不到該說什麼。

飾莉應該也很懊悔。

她在今天的課程被訓練員點出問題，與周圍的人拉開差距，應該很著急才對。

她接下來要去打工賺取生活費。

飾莉露出猶如能面般的笑容，繼續說道：

「不過，我還是不擅長應付那種不曉得自己受到眷顧的人呢～」

飾莉只說了這句話，就消失在走廊的盡頭。

由美子心想「啊，等一下」打算伸出手，結果被拍了下來。

是芽玖瑠。

「小玖瑠。」

「別跟過來，不然會變得更麻煩。」

芽玖瑠留下這句話，便用跑的穿過走廊。

她想必是去追飾莉了吧。

為了代替由美子安慰飾莉。

由美子被留在原地，不禁望向天花板。

……剛才該說什麼才好呢？

對飾莉來說，由美子也是受到眷顧的人。

不用擔心生活，住在老家追夢的學生。

感覺繼續說下去也只會讓她不快，在猶豫的時候她就一溜煙地走掉了。

作為隊長，應該要把力所能及的事情一件一件完成。

即使自己抱著這種想法行動，卻感覺只是白忙一場。

就算以團結一致為目標而努力，也總是會產生奇怪的偏差。

話雖如此，要是什麼都不做的話絕對不會出現好結果。

所以，自己應該要拚命奔走，但是——像個無頭蒼蠅那樣亂衝是不行的。

由美子不禁想大喊「那到底該怎麼做啊」。

她想到千佳。

千佳作為隊長，應該也有同樣的想法。

她說不定也在努力做自己不習慣的交流。

「……啊。」

一不留神，自己就總是在想著千佳。

她現在正以什麼樣的表情挑戰這個問題呢？

「大家，皇冠好！第5回『皇冠☆之星☆廣播』開始了！我是這次擔任主持人，飾演海野玲音的歌種夜澄。」

「大家，皇冠好！我是同樣擔任這次主持人的，飾演北國雪音的夜祭花火！」

「哎呀哎呀，花火小姐。我們兩個人還是第一次一起主持呢。不過……」

「嗯，我懂。現在發生了比那更重大的事件了呢。妳想先講這個對吧。」

「就是啊。不知不覺間，問候語竟然已經定好了。說什麼『皇冠好』。妳覺得怎麼樣，花火小姐？」

「看到劇本時嚇了一跳呢。哎呀——……」

「「好俗。」」

「不，我懂。我是懂啦。『皇冠好』很……對吧？」

「就是啊。這個是誰決定的？小歌種？」

「請不要給人冠上不名譽的冤罪。不是我啦。我看到劇本時也嚇了一跳。畢竟上次主持的時候還是很一般的問候語。」

「那犯人是誰？編劇？……唔？編劇好像在說什麼。嗯嗯。原本就有在來信裡募集問候語？」

「啊，確實有呢。然後在第4回由主持人從來信裡選了問候語？犯人是第4回的傢伙嗎——！是誰啊——！如果是『夕』開頭『陽』結尾的傢伙，就由我去敲她的腦袋。」

「那麼，如果是『柚』開頭『瑠』結尾的傢伙，我就去凶她一頓。所以是誰啊？」

皇冠☆之星☆廣播！

「……咦？是飾莉和纏，出道第一年的搭檔？…………哎呀，這樣的話就，那個……」

「突然就很難捉弄了嘛……如果是其他人要怎麼講都無所謂，但是有點不好意思捉弄新人嘛……」

「這個氣氛該怎麼辦啊？」

「就是啊就是啊。」

「不過，第4回是讓出道第一年的搭檔主持的？沒問題嗎？這個人選是不是帶有惡意？是不是期待出事啊？」

「就是啊就是啊。而且還讓她們決定今後要一直使用的問候語，這部分也有惡意喔～」

「有惡意啊～」

「還有，寄來這麼俗的問候語的聽眾也有問題。傳點更好的過來啦——」

「就是啊就是啊。再努力點——」

「……那個，補救到這個程度就可以了吧……？」

to be continued……

「ＯＫ了。」聽到這句話，由美子摘下了耳機。

由美子也已經第四次進行「皇冠☆之星☆廣播」的錄音了。

每次主持搭檔都不同這點讓她費了一番工夫，但這次主持起來非常輕鬆。

這都多虧了花火。

畢竟她長期以來主持著受歡迎的節目，聊天技能相當卓越。

「辛苦了，小歌種。」

坐在對面的花火對她淺淺一笑。

今天花火穿著較大件的寬鬆連帽衫，下半身是格子花紋的寬管褲。

綁到側邊的頭髮給人活潑的印象，非常適合她。

花火打開寶特瓶的蓋子，同時沒來由地詢問：

「話說，小歌種那邊的組合怎麼樣？課上得還順利嗎？」

「唔——不好說呢……」

由美子不禁露出苦笑。

狀況其實很糟糕。

自那一天之後，組合裡的氣氛就變得尷尬了。

飾莉依然架起了一道牆，薄荷因為那道牆拉開了距離，芽玖瑠在那以後也沒有動靜。很難說彼此有培養出默契。

或許是已經預測到了由美子的回答，花火靜靜地笑了。

「我覺得應該有很多辛苦的地方。畢竟那邊的年輕人很多。不過芽玖瑠好像每天都很開心。」

「咦，是嗎？」

平常芽玖瑠感覺就是平淡地完成課程然後回去，看不出她有那種反應。

由於她們兩人獨處的時間也很少，由美子也沒怎麼陪她玩。

但花火似乎覺得很有趣，悶聲笑了一下。

「因為芽玖瑠最喜歡小歌種嘛。她好像只是能在旁邊看到妳上課的樣子就很開心了。她總是很開心地講這件事喔。還有，她是第一次跟小薄荷有接觸，很感激能見到對方。」

「啊──……」

該怎麼說呢，完全就是藤井小姐。

她兩種模式的差距依然這麼誇張。

想必她在花火面前才會展露出真正的自己吧。

此時，由美子決定向花火詢問自己在意的事情。

「……妳們的組合怎麼樣？還順利嗎？」

她差點就直接問「夕怎麼樣」，不過還是勉強忍住了。

由美子很在意同樣作為隊長的千佳是怎麼行動的。

但是，她不想讓別人認為自己很在意千佳。

然而，花火好像已經看透了她的心情，莞爾一笑。

「小夕暮做得很好喔。她很努力。應該算個出色的隊長吧。」

「……………」

明明是自己問的，卻有種焦躁的感覺竄過身體。

她好像做得很順利。

由美子想仔細詢問是怎麼樣順利、從哪裡看出了這一點。

「不過，我們這邊其實也沒有那麼一帆風順啦——小夕暮也因為這樣折騰了一番。」

「咦？是哪個部分？」

由美子本打算保持沉默，但還是忍不住就問了。

然而，花火露出惡作劇的笑容，指向由美子。

「這種事情，妳直接問小夕暮不就好了嘛。不用問我吧。」

「……………」

要是可以這麼做就不會辛苦了。

就是因為無法問她本人，由美子才打算像這樣從身邊的人獲得資訊。

當然，花火也是明白這點才說的。

她一臉愉快地笑了笑，隨後看向由美子的臉。

「雖然對不起小歌種，不過我是為小夕暮加油的。有一部分是因為我們在同一個組合，另外就是小夕暮是我們的後輩嘛。要是讓她輸了我會良心不安。」

「……沒關係啦。不過會贏的是我們。」

「喔喔。那妳就跟芽玖瑠一起上吧。我們會擊潰妳們的啦。」

花火搖晃著頭髮，哈哈大笑。

由美子不禁覺得，那邊的組合有花火與結衣，氣氛應該很快活吧。

但即使如此，千佳還是做得很辛苦，這是出於什麼原因呢？

「那我先回去啦～辛苦了～」

正當由美子陷入沉思時，花火面帶笑容從座位上起身。

由美子見狀，慌張地站了起來。

「啊，花火小姐。我們一起回去吧——」

「喔，好啊。我就講講可愛的芽玖瑠的事蹟吧。」

由美子走在花火旁邊，回顧這次錄音。

雖然跟芽玖瑠一起主持時也這樣想過，但是與花火的廣播做起來也很輕鬆。

想要聽到的話一個接一個拋了回來，讓人聊得很痛快。

因為芽玖瑠與花火如此合拍，由美子也理解了「芽玖瑠與花火的我們是同期，有事嗎？」為什麼是受歡迎的節目。

「…………？」

可是，這種不對勁的感覺是什麼呢？

做起來很輕鬆，進行得很順利，很開心。這次廣播明明讓自己這樣想。

但是，為什麼會覺得心裡有疙瘩呢？

「我覺得，交流還是很重要的。」

「喔。」

芽玖瑠或許是完全沒聽進去，冷淡地回應。

今天是自主練習的日子，不過很難得的只有由美子和芽玖瑠兩人。

她們面對面做著課程前的柔軟體操。

「不管演唱會還是活動，到頭來都是團隊合作嘛。我覺得彼此配合得有沒有默契會影響到整體的發揮。」

「是啊。」

芽玖瑠或許是刻意的，她不怎麼跟由美子對視。

這冷淡的態度跟以前一樣，但她似乎也不是沒在聽。

由美子沒有在意，繼續說下去：

「小玖瑠和花火小姐也是這樣吧？妳們兩人默契十足，我覺得這就是受歡迎的祕訣。如果我們四個人能配合得很好，絕對會是一場很棒的演唱會。」

「是有道理。」

冷淡的語氣沒有變化。態度沒有變化。

因此，即使由美子隱約猜到了，她還是向芽玖瑠提議。

「所以，小玖瑠。要不要我們組合的這四個人一起去哪玩？」

想變得更加要好。

想將組合內的微妙氣氛一掃而空，創造清爽的關係。

只要關係變好，演唱會和練習應該都會變得愉快。

比起關係微妙的外人，肯定是跟知心的夥伴在一起更能把事情做好。

為了合作、尊重、朝著同一個目標前進，現在的交流明顯不足！

由美子是這樣認為，才會做出了這個提議。

……千佳要是聽了這個想法，很可能會說「又來了」。

但是，這個作戰有個很大的問題。

就是柚日咲芽玖瑠。

「我就不用了。妳們三個人去吧。」

「不是這樣啦～小玖瑠～」

由美子不由得渾身無力地趴在地上。

芽玖瑠以冷淡的眼神俯視著這樣子的由美子。

「我不否定妳的原則。妳作為隊長，為了盡可能改善現狀而行動，我覺得這個作法很好。但是，不要把我牽扯進去。」

芽玖瑠使勁地伸展著手臂的同時，淡淡地說道。

聽到芽玖瑠的說詞，由美子啪一聲將雙手合十。

「這點就拜託妳通融了……！因為，這種事情重要的就是全員聚在一起吧？有一個人不在和大家都到齊！兩者的心態就不一樣啊～而且，我覺得小玖瑠如果能來，她們倆應該就會心想『既然這樣……』然後赴約！」

「那是妳的理由吧。我有我自己的理由。歌種也知道吧，我不打算跟花火之外的聲優交流。這個原則是不會變的。」

她態度很堅決。

由美子本就明白這點。

芽玖瑠絕對是公私分明。

作為聲優的柚日咲芽玖瑠，與作為一介聲優粉絲的藤井小姐。

她會劃出一條確實的界線，不讓兩個自己重合。

不管是跟乙女她們一起去吃烤肉，還是兩個人一起去吃涮涮鍋，到頭來都不過只是工作的延伸。

能跨越這道牆壁的人，只有夜祭花火。

由美子對這點非常清楚，但還是拜託了她。

但是，芽玖瑠的回應只有嘆息。

「基本上，現在跟妳這樣，就我來說也是違反原則。其實我是想保持更平淡的關係。」

她甚至還這樣說。這人頑固到超出想像。

想不到竟然會完全束手無策……

再怎麼說，以前她大部分的事情都還是會答應的。

既然如此，就只能再三懇求了。

「我當然知道小玖瑠的原則！所以只要這次就行了！」

「妳好纏人。」

由美子雙手合十，深深低頭，但是芽玖瑠甚至沒有正眼看她。

看樣子，正攻法似乎沒什麼作用。

「嗯……我明白了。對不起哦，小玖瑠，這麼勉強妳……我一直是這樣呢……總是依賴小玖瑠……抱歉……」

「…………」

由美子露骨地表現出失落的樣子。

下一刻，芽玖瑠立刻有了反應。

她肩膀顫了一下，嘴變成了一條橫線。

她紅著臉，用手指指向了由美子。

「……少來這套。別露出罕見的表情。我知道妳是故意的。」

「嘿嘿。」

被看穿了。由美子立刻笑了出來。

「不過小玖瑠，老實說有點效果吧。」

「…………」

她頓時沉默下來。看來不止有點。

不，實際上都清楚地聽到她內心動搖的聲音了。

芽玖瑠或許是感覺繼續奉陪由美子會有危險，開始專心做著柔軟體操。

她低下頭伸展身體，打開雙腳，使勁地壓上半身。

由美子雀躍地接近她。

「小玖瑠，我來幫妳拉伸吧。」

「嗯……」

由美子輕輕把手放到她的背上，但她什麼也沒說。

畢竟跟其他女生也這樣做過，芽玖瑠大概是覺得這沒有什麼特別的含義吧。

但是，太天真了。

只有在面對柚日咲芽玖瑠時，像這樣拉近距離有著非常傑出的效果。

「好嘛，小玖瑠——拜託妳拜託妳拜託妳～拜託妳啦～」

由美子把雙手放在她的肩上，緊緊地貼了上去。

剛才芽玖瑠明明還很柔軟地前屈，此時瞬間嘎！一下定住了。

簡直就像塊板子。

她僵硬到令人害怕，臉也瞬間染上紅暈。

「……唔——哈……哈……呼……呼……唔咕……不、不管妳說什麼，都沒用的……我不會……屈服於威脅……唔。」

呼吸變得異常急促，漲紅的臉開始流汗。

就算再怎麼練習，她也從來不會出現這種表情和呼吸……

但是，她這次沒有發出奇怪的聲音，只是一直忍著。

「喔——小玖瑠。這次很努力嘛。夜夜在這麼近的地方也沒有效果？」

「沒……沒有啊……唔、咕……根本……沒什麼……」

「但是小玖瑠，妳的臉笑得很開心喔。」

「…………………」

由美子指出這點後，她頓時默不吭聲。

視線依然向著前方，但她從剛才開始就笑得非常開心。

整張臉都笑咪咪的。

「……小玖瑠，妳對我們隱藏真實身分的那時，真虧妳能忍住呢。」

「一部分是因為、那時候、我、很專注。而且，妳當時、也、沒給、這麼多粉絲福利吧……真、的、別再、繼續了。別讓我、變得、更喜歡妳。」

熱氣逐漸上漲，發言也變得有些奇怪。

說得太直接了吧。這樣實在是有點害羞。

要是再繼續下去，她感覺就要失去理性了，所以由美子迅速挪開了身體。

隨後，芽玖瑠就這樣直接趴在地上。

她看起來很難受，同時用手指指向由美子。

「我說的，就是這種事情……要是隨便接觸的話，可能會害我私底下的一面曝光，所以才想築一道牆……因此我不會答應妳的要求……真是的，害我表情都變不回去了……」

她在傻笑的同時，說出很有說服力的內容。

她認為那麼做也是在保護自己，所以不能輕易答應。

確實，這個要求對芽玖瑠而言，可能負擔和風險都太大了。

但是，如果芽玖瑠不來的話果然還是少了什麼……

這時，由美子忽然想到了一個主意。

就死馬當活馬醫提議一下吧。

「那這樣，小玖瑠。我們做個交易吧。我可以答應妳任何一個要求。作為交換，我希望妳能一起出來玩。這樣如何？應該算是交換請求吧。」

芽玖瑠差點露出了傻眼的表情，但她又再確認了一次。

「啥啊？這種事情……任、任何要求！」

她現在整個目瞪口呆，十分錯愕。

雖說芽玖瑠目前為止露出了很多種表情，但很難得看到她這樣。

但是，由美子對這種反應感到不安，慌張地補充。

「啊，必須是在我能力範圍內的要求喔，在常識的範圍內。像是把薪水全都交出來、從聲優引退、全裸在外面跑這種的可不行喔？」

「這、這是當然的……如、如果歌種說可以的話，我的願望就能實現對吧？任、任何要求都可以……」

「呃，嗯……哎呀，那個。我有點開始不安了，難度太高的就有點……」

雖然不知道她打算要求什麼，但有點可怕。

由美子本打算補充各種注意事項，但芽玖瑠先把手伸了出來。

然後將食指抵在嘴唇上。

「噓……我正在思考。這要很集中精神。不要說話。」

太可怕了吧。

她打算一番深思熟慮之後再提出要求。

過了半晌，她嘶——……地吐了口氣。

芽玖瑠緩緩地，真的是十分緩慢地說出了要求。

「咦？這個，呃，是沒問題啦。是沒問題……咦？什麼意思？」

交換請求成立了。

結果就是芽玖瑠也能設法一起過來。

再來就只要向薄荷與飾莉提這件事了。

薄荷與飾莉從那天之後，就一直沒能擺脫尷尬的氣氛。

薄荷會顧慮飾莉，而飾莉表現得像是什麼事都沒發生，但由美子感覺那只是表面上。

她們現在處於一種不太對勁的氛圍。

由美子想儘快幫她們做點什麼。

此時，有一天剛好她們三人一起自主練習，由美子決定開口。

「兩位，稍微來一下可以嗎？」

她們練習了一遍之後，正在休息。

由美子走向精疲力盡地坐下來的薄荷，以及大口喝著水的飾莉。

「下次啊——要不要我們這個組合一起出去玩？」

由美子這樣提議之後，薄荷便像是第一次聽到這種話般瞪大了雙眼。

飾莉面帶笑容，歪了歪頭。

「去哪玩，是指哪～？」

「地點還沒決定啦。感覺就是去哪玩玩，一起吃個飯這樣～如何？」

「我們這個組合……柚日咲小姐也……會去、嗎……」

可以聽到薄荷喘著大氣的聲音。

由美子對此苦笑著回答。

「會來喔。不過，她說要去哪裡由我這邊先決定。如果妳們倆答應要去的話，我想在今天就決定好地點。」

「柚日咲小姐會參加這種活動啊～我還以為她是對交流之類不怎麼感興趣的人。」

飾莉露出意外的表情。

薄荷聞言，也連連點頭。

「基本上是這樣。這次呢……應該是希望能夠加深組合的關係吧。」

由美子原本猶豫該怎麼說，不過還是先告訴她們這是特例比較好。

飾莉哦了一聲，然後點了點頭。

薄荷向飾莉瞥了一眼。

「……御花小姐打算怎麼辦？」

「嗯～？我要去～因為我也想跟柚日咲小姐玩。小薄荷呢？」

薄荷眨了眨眼，隨即猛然挺起胸膛。

「真、真沒辦法呢。我也去一下吧。既然組合的所有人去，這也沒辦法。這就是所謂的深入交往吧。」

她的聲音明顯表現出喜悅。

彷彿可以聽到她內心雀躍的聲音。

「呵呵，跟聲優同伴一起玩，感覺好成熟……」

她小聲嘟囔，但由美子聽得一清二楚。

她能高興就再好不過了。

由美子看到兩人都有意願來也放心了。

她之前還在擔心飾莉可能會拒絕。

因為，飾莉的那道牆依舊存在。

由美子期待著那道牆會消失，繼續說下去：

「我們也必須調整預定，不過先決定要去哪吧。妳們有想去的地方嗎？」

「去喝個痛快吧，喝個痛快！」

「小薄荷～我們三個人都是未成年～妳是在哪學到這個詞的啊～」

考慮到薄荷興奮的樣子，感覺到時的構圖會很像是陪親戚孩子玩的大姊姊們。

以這為前提，由美子謹慎地提出遊玩的地點。

當她正思考去該哪好時，飾莉緩緩舉起手。

「啊，去祭典怎麼樣？逛一逛廟會～邊吃各種東西邊逛逛攤販。我想久違地去繞一繞那種地方呢～」

「哦……祭典嗎？不錯耶！」

薄荷立刻發出贊同的聲音。她看起來真的很開心。

確實，祭典是個好主意，不過……

「這個時期有在舉辦祭典嗎？」

一到夏天到處都會舉辦祭典，但現在還是早春。

這樣是不是有點性急了呢？

聽到這個疑問，飾莉豎起手指如此回答。

「其實啊～最近我家附近好像要辦喔～似乎是個挺大的祭典，我之前就想去看看呢。」

飾莉拿出手機，打開那個祭典的網站。

薄荷立刻貼過來看著手機，飾莉則是責備她說「好近～」。

「哦、哦……還、還不錯啊。我覺得，這裡好，就去這裡吧……」

薄荷好像也很喜歡。

反正地點也不是很遠，感覺滿適合的。

「那我們就去這個祭典吧。能湊到時間嗎？」

三人一起拿出行程本。

之後由美子也問了一下芽玖瑠，大家正好都能排出時間。

於是，交流會就決定要去祭典了。

然後，到了祭典當天。

由於有祭典，車站前面被擠得水洩不通。

飾莉說得沒錯，祭典的規模似乎很大，通過剪票口時就已經很熱鬧了。

遠處響起了笛子和太鼓的聲音。

明明才剛過中午，站前廣場已經能看到許多衝著祭典而來的人。

穿著浴衣的人們正開心地歡笑著。

在會合地點，有一個熟悉的女性。

由美子立刻就從遠處搭話。

「藤、井、小姐——！等很久了嗎～？」

芽玖瑠頓時吃了一驚，抬起頭來，然後一臉不悅地皺起了臉。

「好吵……不要發出奇怪的聲音。」

「咦～？我以為小玖瑠會高興才用角色的聲音耶。剛才的是什麼角色呢？」

「『路易士的野心』貝爾・貝爾・克拉克。」

「妳為什麼知道啊？」

「為什麼妳總是明知會嚇到還問？」

芽玖瑠再次露出不悅的表情。由美子這時觀察了她的打扮。

白色的無袖襯衫、丹寧褲以及黑色鴨舌帽。這身打扮很有夏天的感覺。

不過現在還是春天，她是配合祭典的氛圍嗎？

「小玖瑠，這種打扮也很適合妳呢。不錯喔。很可愛。」

「……………………」

由美子坦率地誇獎，但是她沒有回應。

她只是目不轉睛地盯著由美子，好像沒聽見由美子說了什麼。

芽玖瑠戰戰兢兢地指向由美子。

「歌種，妳還穿浴衣來啊。」

「嗯。畢竟難得來祭典，我想說乾脆拍照上傳到推特好了。」

「啊……所以今天是聲優打扮啊……」

「有部分是因為平常的妝容跟浴衣不搭啦。」

由於要去祭典，由美子就拜託母親拿出了浴衣。

浴衣是清涼的水藍色，頭髮則是綁在後面。

盛夏時穿上浴衣是需要忍耐的，但現在的氣候倒是非常舒適。

應該還挺適合的吧。

然而，芽玖瑠依然面無表情，一句話也不說。

「小玖瑠，怎麼樣？可愛嗎？這可是夜夜的浴衣喔。來——轉圈圈～」

由美子在芽玖瑠面前轉了一圈。

芽玖瑠的眼神發出燦爛的光芒，絕不移開視線。

不僅姿勢非常僵硬，嘴也是一動不動。

由美子理解了現在是什麼狀況，不禁開口說道：

「哎呀，別看得這麼入迷啦。我都擺動作了，妳就說點什麼啊。」

「啊！」

芽玖瑠睜大眼睛，慌張地撇開視線。

她把帽沿壓得很低，深深地蓋住臉，同時小聲地說道：

「非常可……不，很適合……不對，我不知道啦，嗯，非常，好，不，呃，嗯。」

「可以別一邊用帽子擋著一邊偷看嗎……」

「我、我才沒看……」

既然她開心的話就好。

由美子站在芽玖瑠旁邊，等著薄荷她們。

她看了時間，現在離會合時間還有五分鐘。

就在等待的時候，由美子想起之前和芽玖瑠去吃涮涮鍋以及烤肉的事情。

「話說小玖瑠，妳之前也來得很早呢？妳是那種會合的時候不早點到就會擔心的類型？我其實也算是這樣。」

「沒有。平常不會這樣。今天只是偶然沒事做才會早點來。」

芽玖瑠環起雙臂，回答得愛理不理的。

她閉著眼睛，看起來很無聊。

由美子想開個玩笑，便用食指指向她。

「是要和我見面所以很緊張，才會這麼早來會合地點吧～」

「…………」

芽玖瑠瞪大雙眼，就這樣僵住了。

轉眼間她的臉就紅了。

「……啥？才沒有。」

「……抱歉，小玖瑠。我沒想到會猜中。」

「我都說不是了……」

由美子聽著她微弱的否定，不由得沉默了下來。

妳是不是太喜歡人家了？

由美子感覺氣氛好像會變得很尷尬，於是迅速地改變了話題。

「『瑪修娜小姐』的現場很辛苦呢。如果是小玖瑠的話會怎麼做？」

由美子這樣向她請教後，她便故作冷淡地認真傾聽。

再怎麼說，這位前輩還是很照顧人的。

儘管她覺得自己隱藏得很好，但每當由美子拜託的話她就會一臉高興。這點也很可愛。

正當由美子聽著芽玖瑠的建議時，薄荷和飾莉來了。

「久等了～啊，小夜澄也是穿浴衣～」

「我只是被家長說無論如何都要穿上才穿的啦。」

飾莉穿著半透明的上衣配上短褲，頭髮用可愛的方式綁了起來。看起來非常涼爽，而且還帶有些性感。

薄荷穿著桃色的浴衣。款式有點孩子氣，但彰顯出她天真無邪與惹人憐愛的一面。很可

愛。

「小薄荷，妳穿浴衣好可愛喔……」

「是、是嗎？不、不過我也不是想穿才穿的。」

她用鼻子哼著聲，看起來很開心。

或許那是她中意的打扮，獲得誇獎後她非常滿意。

「嗳～小薄荷，浴衣很適合妳呢。小夜澄也好可愛～平常總是看到那邊的打扮，這樣感覺好像有點新鮮～」

飾莉愣愣地說著這番話，同時像在消遣那樣摸著薄荷的頭。

薄荷看起來一臉舒服，並把視線望向由美子。

「我也以為是不認識的大姊姊，嚇了一跳。歌種小姐也很可愛！」

「謝謝嘍。」

她們現在好像也愈來愈熟悉歌種夜澄的辣妹打扮了。

薄荷被摸了一會兒，在滿足之後，她像是在觀察那樣望著芽玖瑠。

「柚日咲小姐和御花小姐沒有穿浴衣嗎？難得來祭典的說。」

她這句話就好像在表示「真可惜」。

她是不是忘了自己剛才說過「是父母叫她穿上的」。

正當由美子因為她的這番話而忍住笑意時，芽玖瑠輕輕揮了揮手。

「因為我沒把浴衣帶過來。不過回老家應該有。」

「啊，對耶。小玖……柚日咲小姐是一個人住嘛。」

確實，一般人或許不會特地把浴衣帶到自己獨居的房間。

話雖如此，就算有，她會不會穿來也很難講。由美子認為這是對薄荷說的藉口。

「我也沒有～浴衣這種東西都不知道有多久沒穿了呢。」

飾莉露出穩重的微笑，看著薄荷與由美子。

她臉上掛著笑容，喃喃說道：

「穿著新浴衣的孩子真令人羨慕啊～包括沒有注意到自己受到眷顧的這點。」

「…………」

氣氛頓時緊張起來。

再怎麼不情願，由美子還是想起了之前的對話。

那件事果然還是深深地盤踞在飾莉心裡。

但是，她好像感覺到自己失言了。看來她也不是刻意說這種話的。

飾莉發出分外開朗的聲音，指向人潮多的地方。

「好、好了好了，我們快走吧～我肚子已經餓到受不了了～小薄荷的表情看起來也忍不住了～」

「我、我才沒有！我是能忍耐的孩子！」

薄荷聽到後發了脾氣，剛才差點就變得沉重的氛圍頓時消散。

由美子不禁鬆了口氣。

飾莉也不是故意想要讓氣氛變尷尬。

以飾莉的話為開端，她們隨著人潮走向祭典。

「去廟會那邊比較好吧。我們就繞一繞，然後吃點東西吧。」

走在前頭的芽玖瑠指向攤販林立的道路。

飾莉揉著肚子笑著說：「感覺都很好吃～」

「御花妳想吃什麼？」

「啊～我一開始想先吃點麵食或炒麵之類的，來稍微填一下肚子呢～要是隨便吃的話，會很花錢的～……」

走在前面的兩個人正在聊這些。

薄荷似乎在走馬看花。

看到她的樣子，讓由美子想起了某人。

「小薄荷，妳要吃什麼？不小心點的話肚子一下子就會飽了，要仔細挑選喔。」

「也、也是……要慎重地……決定……呃，這個嘛……呃——啊——烤魷魚、牛肉串之類的吧……」

「妳的選擇好老成……」

「還……還好啦。畢竟我已經不是小孩子了……」

聽到薄荷愈講愈心虛，由美子偷偷看了她一眼。

她的視線正在巧克力香蕉、棉花糖和蘋果糖之間游移。

不管怎麼看，烤魷魚和牛肉串都不是她真正想吃的。

「……………」

由美子平常一直覺得某個人根本就是個孩子。

不過，她看到眼前的景象不禁有感而發，能像那樣坦率地說出自己的喜好，根本不是真正的孩子氣。

「小薄荷。有棉花糖之類的，妳不要嗎？」

「棉、棉花糖？那種甜食，是小孩子的食物喔。我在幼稚園就沒再吃了。」

薄荷哼了一聲，聳了聳肩。

由美子看到她的反應，迅速地掏出了錢包。

「那我吃吧。因為我喜歡小孩子的食物。」

「咦！……那、那樣的話，我也一起吃吧……我來陪歌種小姐……」

薄荷嘴裡唸唸有詞，像個小動物般跟了過來。

由美子不禁偷偷笑了笑，心想「真是個讓人費心的孩子」。

由美子買棉花糖的時候，和芽玖瑠她們走散了。

看來她們好像先走了。

「小薄荷，因為有可能會迷路，我們牽手吧。」

「咦，不要。」

「被這麼認真地拒絕，其實還挺受傷的耶……」

「當然不要啦。請不要把我當小孩。」

「咦——？高中生的話，女生可是動不動就牽手的喔？」

「是、是這樣嗎？」

也存在著那類人。

由美子雖然不是那種類型（不過會有女生擅自過來牽手），但要是現在和薄荷走散就麻煩了。

於是她們手牽手尋找芽玖瑠等人，不過意外地很快就找到了。

在開放的場所設有簡易的桌椅，而她們兩人就坐在其中一隅。

芽玖瑠在吃章魚燒，飾莉在吃什錦燒。

飾莉注意到由美子她們，隨之用手指了過來，笑得很開心。

「她們牽著手在吃棉花糖～好可愛～好像感情要好的姊妹～」

畢竟兩人都穿著浴衣，看起來或許就像姊妹一樣。

但是，薄荷好像不喜歡被這樣形容。她猛然把手甩開。

這樣其實姊姊也挺受打擊的。

薄荷無從得知這種心情，不悅地噘起嘴。

「御花小姐才是，妳待會兒就和歌種小姐牽著手如何！因為妳看起來最容易亂晃然後迷路！」

「可能哦～那我跟小薄荷牽手吧～」

「我就不用了！」

薄荷一臉憤慨，但還是一屁股坐到了飾莉旁邊。

由美子坐在芽玖瑠旁邊。

她把臉湊近芽玖瑠，悄聲說道：

「小玖瑠，幫我吃棉花糖吧？」

「啥？什麼意思？」

「因為我嘴巴變得很甜嘛。而且大叔還特別優待給我弄了一個超大的。」

儘管薄荷看起來吃得很滿意，但是單調的甜味已經讓由美子的舌頭膩了。

芽玖瑠嘆了口氣。

由美子判斷這是答應了，便把棉花糖遞給她。

她豪邁地大口吃了下去。

「……小玖瑠的章魚燒，看起來好好吃喔。」

由於舌頭甜膩膩的，現在很想要醬汁的味道。

由美子抱著說說看的心態講出口，芽玖瑠聽到後便皺起眉頭。

然而，她再度嘆了口氣，把章魚燒遞向由美子。

由美子「啊——」地張開嘴後，芽玖瑠就往她嘴裡放了章魚燒。

「嗯嗯，好吃。謝謝——小玖瑠，妳今天好像很溫柔呢。」

「沒有……才沒這回事……」

她在旁邊嘀嘀咕咕的，臉也莫名紅了起來。

害羞什麼啊。

是說，剛才那樣就害羞了？沒事吧？她最近人設是不是崩得有點快？

由美子正感到傻眼，此時飾莉一臉開心地扯高嗓子。

「啊，柚日咲小姐真好啊～曖～小薄荷——也分我一點棉花糖嘛～？」

「咦？不要。請自己買。」

「拒絕得這麼自然，姊姊我也是有點難受耶～？」

飾莉雖然被拒絕，依然把臉靠近棉花糖，薄荷拚命抵抗。

芽玖瑠就好像監護人那般默默地守望著這一幕。

要是氣氛又變尷尬該怎麼辦？

由美子一直像這樣提心吊膽，但是看起來沒什麼事，姑且是放心了。

她不禁心想，希望關係能因此變好一些～同時把剩下的棉花糖送到嘴裡。

她們有一句沒一句地閒聊，各自吃著東西。

聊到一半，薄荷突然不發一語。

她吃完了手裡的棉花糖，盯著剩下的免洗筷。

「怎麼啦，小薄荷～還吃不夠嗎～？真是個貪吃鬼呢。」

飾莉說了捉弄的話，但薄荷沒有反應。

她緩緩抬頭，凝視著飾莉。

這個瞬間，由美子感覺氣氛變了。

「御花小姐。我有話想跟妳說，可以嗎？」

「……什麼事？」

飾莉想必有察覺到她要講嚴肅的話題，但笑容依然沒有垮掉。

她的臉依然是笑咪咪的，看起來愈來愈像面具。

但是，薄荷沒有表現出在意的樣子。

她開門見山地說了。

「我之前說了失禮的話，非常抱歉。那樣講話很不尊重人。」

「咦～？沒關係啦～不要在意～」

果然是那時候的事情。

飾莉和之前一樣試圖閃躲，但是薄荷沒有介意。

說不定，她實際上根本沒在聽。

她可能只是在拚命講出事前準備好的說辭，結結巴巴地繼續說下去。

「我、我不了解御花小姐，說了傷害妳的話。可是，御花小姐也對我一無所知。所以，請妳了解我一下。」

薄荷拚命地說出了這番話。

然而，這不得要領的內容讓由美子聽得有些混亂。

她正要問這是什麼意思，但薄荷彷彿要把心裡話傾瀉而出，率先繼續說下去。

「我——受到了眷顧。我沾了父母的光作為童星出道，同時也開始當一名聲優。母親非常嚴格。我覺得她應該是想讓我成為獨當一面的演員。」

乍聽之下，很像是在炫耀。

但這段話聽起來完全不是那種感覺。

接下來的內容讓人感覺到很危險的氣息。

薄荷沒辦法順利地講出不習慣的詞彙，總是講到一半就打結。

但是，「沾家長的光」這句話——她說得十分流暢，就好像非常熟悉一樣。

雙葉菫。

她是知名的女演員，薄荷在出道作品的電視劇中與她親子同台演出。

雙葉菫現在仍然活躍於電視劇與電影之中……但薄荷已經淡出了那個領域。

「但是，現在她不會對我說什麼，什麼都不對我說……之前母親明明那麼嚴格，現在不管我演得如何，扮演什麼樣的角色，她都只是笑笑的，什麼話也不說……」

薄荷的聲音逐漸虛弱。

她的一字一句都參雜著空虛，好似要讓人窒息了。

正因為在場的所有人都是演員，思考她這番話的含義更是覺得難受。

「那應該是……即使妳媽媽不幫忙指點，小薄荷也能做得很好吧？」

芽玖瑠勉強擠出了這樣的問題。

這時，薄荷終於露出了一點笑容。

她寂寞地搖了搖頭。

「如果我有表現出讓媽媽滿意的演技，我現在就不是童星，而是被稱為女演員了。就是因為我沒做到……所以才會是『前』童星……」

「…………」

芽玖瑠不再說話，沉默不語。

大家早就對此心知肚明。

假如她有女演員的才能，現在說不定還留在雙葉堇的身邊。

薄荷微微歪頭，露出了自嘲的笑容。

「這份工作也是。我演藝經歷都第八年了，但還是小學生……我覺得，在演唱會上唱歌跳舞，這種類似偶像聲優的工作，如果是以前的媽媽就不會讓我做的。」

……這倒是有點令人在意。

偶像當中也有孩子從小登臺。

但這種狀況對聲優來說很少見。

由美子確實也曾經想過，要跟這麼小的孩子一起站上舞臺嗎……

薄荷伏下眼眸，又斷斷續續地開始說起。

「經紀人也很傷腦筋。可是，我說我無論如何都想接下這份工作……所以經紀人才下定決心，幫我告訴了媽媽。以『雖然是這種工作』為由……試圖幫我說服媽媽……可是……」

「……妳媽媽什麼都沒說？」

由美子戰戰兢兢地問了之後，薄荷動了視線。

「……她說『照她想做的去做就行了』。」

「…………」

那句話只是聽起來溫柔，實際上能看出其他感情。

放棄。認命。照她想做的去做就行了……隨便她去搞。

聽到這句話時，薄荷究竟是什麼樣的心情呢？

薄荷依然伏著眼眸，抿緊嘴唇。

「媽媽放棄了我……所以我不再接到工作了。因為『她是雙葉菫的孩子』『童星』的這種標籤已經消失了。」

薄荷的眼眸晃了一下。

眼見她好像隨時都會哭出來。由美子忍不住詢問。

「所以……小薄荷才會專心當個聲優嗎？」

由美子認為她是覺得這樣就能開創自己的前途，但不知為何薄荷顫了一下。

她緊握著手，發出難受的聲音。

「對……現在我是專心當個聲優。所、所以，我也知道別人認為我逃離了女演員這份工作。」

「不，沒那種事……」

聽到由美子的話，薄荷使勁搖了搖頭。

「我也知道其他人在說我的壞話，說別小看聲優……但，不是這樣的……是因為我最喜歡用聲音表現演技……我覺得那樣很厲害……」

薄荷用力握緊拳頭，淚水撲簌簌地流下。

她嗚咽了好幾聲，用袖子用力擦了眼淚。

這時，她抬起頭。

她直直地盯著飾莉。

飾莉面無表情，只是默默地聽著薄荷說話。

這時兩人對上視線，她頓時露出了膽怯的表情。

薄荷沒有在意，繼續說道：

「我要走跟媽媽不同的路。媽媽是女演員，我是聲優。如果是在這個世界，就算我長大了，就算雙葉堇放棄我……只要有聲音，我就能當個演員……只要走在這條聲優的路上，就跟沾父母的光還是年齡沒有關係。」

她的眼神，訴說著她內心的堅強。

寄宿在那副小小的身軀裡的堅強意志，震撼了飾莉。

不，恐怕在場的所有人都被震懾了。

她們以前不知道雙葉薄荷擁有如此強烈的念想。

不過，剛才熱切地訴說心底話的薄荷，這時難受地笑了。

「……我希望御花小姐能夠了解。我受到了眷顧。可是，我和御花小姐一樣，沒有受到父母的期待。這點是一樣的。」

……由美子覺得薄荷現在說的話很孩子氣。

就算她說自己同樣沒有受到父母的期待，飾莉也不會因此覺得比較輕鬆。

但是——

不管怎麼看，眼前這位看起來就只是個孩子的少女——

明確地說出「我沒有受到家長的期待」。

走到這一步，依然想要成為演員的這種心情。

說不定帶給了飾莉的心強烈的衝擊。

飾莉僵住了。

她注視著薄荷的臉，像是愈想愈苦惱那般沉默不語。

「御花。」

芽玖瑠拍了拍飾莉的背。

她好像因為這一下而總算回神。

飾莉眨了眨眼睛，望向芽玖瑠那邊，接著又把視線轉回薄荷身上。

然後，她露出了寂寞的微笑。

「嗯……是啊，小薄荷。和我是一樣的。」

「是的。我們一樣。」

「謝謝妳，小薄荷。能聽妳說這些真是太好了。還有，我要對很多事情說抱歉。」

「不……我才應該道歉……」

她們互相說著這種話，然後露出了笑容。

由美子見狀，感覺這與之前不同，不是流於表面的對話。

……當時的事情，總算能付諸流水了嗎？

此時，飾莉猛然抬頭，朝著由美子露出苦笑。

「啊，對不起喔～小夜澄，還有柚日咲小姐。氣氛好像變得怪怪的～」

飾莉回到原本那個調調，莞爾一笑。

不過，由美子覺得這樣她也不知道該做什麼反應。

另一方面，芽玖瑠則乾脆地回答：

「有什麼關係。歌種應該也覺得提議這次聚會是值得的。」

「咦……啊，嗯，是啊。」

芽玖瑠冷不防地把話題拋了過來，由美子不禁感到困惑。

由美子確實一直希望她們能好好相處。

不過她實在是沒料到薄荷會鼓起勇氣說出自己的心聲。

「歌種小姐。」

薄荷把臉靠過來，悄聲說道：

「我很高興能告訴御花小姐這件事。所以我就感、感謝一下歌種小姐吧。」

「耶——能幫到薄荷前輩就再好不過了。」

當她們這樣聊著聊著，現場響起了激昂的太鼓聲。

雖然在講很嚴肅的話題，但現在這裡正在舉辦祭典。

薄荷就好像要取回高興的心情一樣，扯高嗓子大喊：

「來吧，祭典現在才開始喔！難得來一趟，我們就好好享受一下吧！」

之後，沒有發生什麼特別的狀況。

難以言喻的氣氛已完全消失，大家都高興地逛了祭典。

告別的時候，大家也都面帶笑容。

芽玖瑠有工作，飾莉有打工，薄荷要在晚飯前回到家，於是她們在傍晚解散了。

然而，由美子總覺得就是不想回家，一個人茫然地走在路上。

或許是想思考一些事情。

祭典還很熱鬧，祭典的音樂從遙遠的一端傳來。

由美子有氣無力地走在遠離喧囂的寂靜道路上。

「就結果來說……這樣應該就好了吧……」

今天聚會的目的，原本就是為了加深彼此的交情。

途中，薄荷吐露了自己的心聲，與飾莉的隔閡也因此消失。

大家也得以和睦地、開心地玩在一起。

所以，這次的活動應該可以算很成功。

「嗯——…………」

她不斷撓著好不容易整理好的髮型。

「隊長，到底是什麼啊……」

由美子聽了製作人的話，所以才會做出這些事情。

但她正受到無力感所苛責。

什麼都沒做到。

什麼都沒。

今天也是，只是因為那兩個人為了消除隔閡而自己採取了行動，事情才會這麼順利。

因為薄荷鼓起勇氣道歉，說出了自己的境遇。

因為飾莉接受了薄荷那絕非理論性的賠罪，打算做出讓步。

原本這兩個人發生衝突的時候，由美子就什麼也沒做到。

只是在她們旁邊驚慌失措。

她覺得自己擅長與人相處，但那些會不會全都是幻想？

會不會只是驕傲自滿呢？由美子對此感到沮喪。

這樣實在沒辦法說自己像個隊長。

「渡邊她……做得還順利嗎……」

那邊的組合怎麼樣了呢？

由美子總是忍不住去想這件事。

很難直接問千佳本人「妳那邊怎麼樣？」。

所以關於「皇冠」的事情，由美子幾乎沒有和千佳聊過。

即使她從別人口中聽過「河鼓二」的內情。

也一次都沒有以隊長的身分跟千佳本人聊過這些。

所以……所以──

「咦……這是真的嗎……？」

由美子注意到忽然湧出的感情，不由得說出這句話。

不是，因為……

因為，這樣──

「啊──……」

她不禁捂住臉。

她感到難以置信，卻又絕對無法否定。

湧出來的感情，只有一個。

就只有一個。

現在──

想見到千佳。

想見到她，跟她聊天。

明明她們因為學校、高中生廣播的錄音以及「瑪修娜小姐」的相關活動，見面的頻率反而在上升。是說，自己和她原本就關係不好。

可是，由美子現在想立刻見到千佳。

所以她才覺得這到底是怎樣。

擅自想跟對方見面，自顧自地臉紅。

但是，她很想告訴千佳。

『發生了這種事，所以我隊長當得完全不順利，都要投降了。妳那邊怎麼樣？有沒有把隊長做好啊？』想這樣吐苦水，想找她商量。

她忍不住心想，想與千佳分享彼此的想法。

真是脆弱呢。她也只能為這樣的自己苦笑。

好好冷卻一下腦袋後就回去吧。她這樣心想，再次邁出步伐。

至少在掩飾了「好想見千佳」的這種心情之前。

「咦，佐藤？」

聽到這個聲音，由美子以為心臟要從嘴裡蹦出來了。

應該說，她甚至以為這是幻聽。

如果真是幻聽，感覺就真的是病入膏肓了啊。

「渡邊……」

渡邊千佳果然就在那裡。

她穿著淡粉紅色的上衣和長裙，是便服打扮，但確實是千佳。

沒想到會在這種地方遇到。

千佳之所以主動搭話，感覺也是自然的反應。

「怎麼？難道有什麼攝影嗎？」

千佳靠過來這邊，東張西望地環視四周。

想必是因為由美子現在是當聲優時的妝容和髮型，還穿著浴衣吧。

「……啊——因為附近有祭典嘛。我們組合就一起聚了一下。」

「哦。算是加深交流嗎？」

平常的話，千佳在這時莫名找碴也很正常。

但她說著「也有這種的啊……」把手指抵在下巴上。

由美子的思考還沒有跟上這次偶然相遇。

因為，她只是想著「想見面」，結果本人就在眼前出現了。

她感覺難以置信，忍不住開口詢問：

「渡邊，妳為什麼在這個地方？」

「錄音。再往前走一點有個錄音室。」

她指向遠方。

由美子聽說過這附近有錄音室。

但是並沒有去過。

她將視線移回千佳身上。

眼前就是千佳那嬌小的身體。

長長的瀏海，藏在底下的銳利目光，都是平常見慣的。

但是，由美子卻不知為何感覺很久沒見到她了……

之前兩個人都有點刻意地不去聊組合的事情。

因為是競爭對手，因為是要分出輸贏的對象，因為不想讓對方看到自己的弱點。

種種思緒交纏在一起，結果現在那些理由都消失得一乾二淨。

想聊。

想跟千佳聊聊。

由美子強烈地這樣想著。

「啊——渡邊。」

由美子搭話後，千佳的眼眸轉向這邊。

接著只需要補一句話就行了。

要不要稍微聊聊？只要說這麼一句話，一旦千佳答應就會是她所盼望的狀況。

但是，她不知為何說不出口。

以前她明明對什麼樣的人都能主動搭話。

可是在這個節骨眼，她突然說不出話來。

隨後，千佳抬頭看著由美子，如此低喃：

「要不要稍微聊聊？」

「我看到彈珠汽水，所以我就買了。」

附近的公園有個附設頂棚的休息處，千佳坐在那裡的椅子上。

由美子覺得有飲料比較好，便去攤販上買了兩瓶彈珠汽水。

瓶子浸過冰水，所以冰得很涼，還沾著水滴這點也很不錯。

千佳一臉好奇地接過了彈珠汽水。

「謝謝……」

千佳一臉疑惑地把瓶子湊到嘴邊。

不過，它當然是不能直接喝的。

「？……？……？」

千佳歪了頭好幾次，盯著汽水瓶。

「不是，姊姊。不打開的話沒辦法喝啊。」

「打開……？」

千佳就像是要把寶特瓶的瓶蓋打開那般，想轉動瓶子的頂部。

「渡邊，妳沒喝過彈珠汽水嗎？」

「沒有……」

她好像拿到了第一次見到的玩具一樣，不斷地觸碰、觀察。

「真拿妳沒辦法啊，小千佳，給我。」

由美子一伸手，千佳就老實地把瓶子遞出來。

由美子俐落地開瓶。

隨即響起了清脆的氣泡聲，以及彈珠掉下來的聲音。

「喔喔……好厲害啊……這個是什麼構造……？」

千佳看起來十分好奇，眼睛閃閃發亮，接過汽水瓶。

「彈珠從裡面把瓶蓋封住了。所以只要讓彈珠掉下去就可以喝了。」

「啥？」

千佳皺起眉頭，看向由美子。

「什麼啦……為什麼要做成這麼麻煩的構造……？用寶特瓶不就好了……真搞不懂在這

個時代特地弄得很難喝到有什麼意義……」

「妳真沒情調耶……」

由美子一邊感到傻眼，一邊打開了自己的彈珠汽水。

兩人享用了汽水一段時間。

祭典的喧囂從遠處傳來，但人群也不會過來這邊。

兩人望著夕陽西下，偶爾轉一下汽水瓶裡的彈珠。

「那邊怎麼樣？」

由美子對千佳拋出了沒有主語的模糊問題。

不過，應該已經清楚地傳達給千佳了。

因為，由美子覺得她會像現在這樣想要聊聊，只有可能是要講組合的事情。

就像由美子想聊一樣。

千佳也想聊，所以才會像那樣跟由美子搭話。

千佳沒有立刻回答，她傾倒著汽水瓶。

不久，她微微吐了口氣。

「遇上了很多困難呢。也因為後輩的事情有點那個。」

「咦，是嗎？我看妳們那邊好像挺順利的。」

「看在外人眼裡或許是吧。」

她呵了一聲，淺淺一笑。

由美子感覺她的表情好像是感到束手無策，頓時吃了一驚。

全體練習的時候，看起來明明沒有問題啊。

「羽衣小姐呢，和以前的我一樣喔。其實也因此——」

由美子聽千佳說著關於組合的問題以及煩惱好一陣子。

不過關於這點，她也沒有什麼意見能說。

千佳自己看起來也不是真的想要意見或者其他評論。

「妳那邊呢？在我看來，佐藤那邊看起來順利很多。而且妳們關係好像也很好。」

「看在外人眼裡是那種感覺啊……」

由美子說了相同的話。

她們各自都覺得「對方那邊肯定沒有任何問題，進行得一帆風順」，這實在莫名好笑。

由美子也把自己的煩惱和問題講出來。

千佳也沒特別表達什麼意見，只是默默地聽著。

但很不可思議的是，由美子感覺心情輕鬆了不少。

不知為何，感覺很久沒有像這樣聊天了。

或許就是這個原因吧。

果然有點開心。

或許是因為這樣，由美子坦率地吐露了心聲。

「可是渡邊，我認為妳很努力喔。我以為妳其實不擅長處理這種事情，但妳還是拜託自己的後輩小結衣，讓她幫妳做示範。妳做了很多事情嘛。真偉大。」

由美子望向前方，絕不看著千佳的臉並如此說道。

千佳也一樣。

從聲音的方向判斷，她也是看著前方說話。

「當然啦。畢竟對手是妳。」

「嗯。」

「我不想輸給妳，所以才覺得連不擅長的事情都應該要去做。」

「嗯……」

由美子不禁想嘟囔「是啊」。

彼此都在為這個目標努力。

沒時間在這邊沮喪了。

事情很簡單，只要抱著不想輸的念頭，繼續前進就行了。

「……………」

跟千佳聊完之後總覺得舒坦多了。

剛才還那麼猶豫不決地在煩惱，現在卻積極得嚇人。

不過，把這件事說出來就實在太難為情了。
所以由美子只是靜靜地享受著這段時間，但千佳突然「嗯？」了一聲。
「我自主練習的時候確實有好幾次拜託高橋小姐。可是，這件事我有跟妳說過嗎？」
「…………」
沒說過。
挖坑給自己跳了。
由美子只是因為之前偷看過她們才知道，千佳並沒有提過……
但是，由美子不敢老實地說「我偷看到的」。她決定強行矇混過去。
「小結衣真的很有才能呢。該說她演技和舞蹈都是一流的嗎？」
儘管轉得相當硬，但比想像中還要有效。
千佳感慨地喃喃說「是啊」。
想必她也有些想法吧。
對方模仿了千佳的演技，在舞蹈上也展現出差距。千佳和這樣的人在一起。
即使如此，她還是借用了結衣的力量。由美子真心認為她很了不起。
「…………」
需要思考的事情，必須克服的事情都還堆積如山。
「瑪修娜小姐」的現場亂成一團，結衣超越了夕暮夕陽，由美子的畢業出路也還沒有答

案。

再加上這次的事情，現在狀況真的很糟糕。

但是，至少要趁現在這個時候放鬆一下。

所以，由美子決定說點其他事情。

「渡邊，妳去過祭典嗎？」

千佳望向這邊，然後微微歪頭。

她好像在尋找記憶，遊離著視線。

「我印象中……小時候好像有去過幾次。記不太清楚了。」

「要不要去逛逛？感覺妳會喜歡祭典這種玩意兒。」

千佳微微睜大雙眼。

然後，她立刻把臉轉向祭典音樂傳來的方向。

下一瞬間，她的眼睛突然開始閃閃發光。

「祭典上有平常很難吃到的東西對吧……我一直很想吃吃看……像是蘋果糖和巧克力香蕉……啊，還有烤玉米！」

千佳在回覆「要去」之前就站了起來。

然後，她就好像在表示「快點快點」那樣，指向祭典的方向。

「要去的話就趕快去吧。要逛的話，我想要逛很多東西。啊，佐藤！來玩射擊吧，射擊！」

「好好好。」

由美子露出苦笑，同時起身。

這位孩子氣的孩子會坦率地說出自己想做的事情，真是幫了大忙。

「啊——真是的——姊姊。我穿著浴衣耶——不要走那麼快啦。」

由美子追上快步往前走的千佳。

不知道千佳到底有沒有聽到她的聲音。

此時她回過頭來，有些興奮地說道：

「對了，佐藤！撈金魚，也玩一下撈金魚吧！」

「咦——？妳要是拿著金魚回家，妳媽媽絕對會板起一張臉的啦——」

由美子如此回應，同時也不禁笑了出來。

她追著千佳的背影，快步地往前跑。

Tiara★Stars★Radio 第6回

「大家，皇冠好！我是飾演海野玲音的歌種夜澄。」

「大家，皇冠好！我是飾演和泉小鞠的夕暮夕陽。」

「就是這樣，第6回『皇冠☆之星☆廣播』開始了！今天是由我們兩個主持——」

「對。我還是第一次在這個廣播裡出場……但廣播的搭檔完全沒有新鮮感，實在是非常失望。」

「啥？這是我要說的吧？別在我主持的時候過來啊。妳知道什麼是客氣嗎？啊，妳沒聽過？這樣啊，對不起喔。下次把字典借妳。」

「又來了。我真的很討厭妳這種地方。況且妳在這個廣播裡出場太多次了吧。基本上都在啊。」

「妳很煩耶。我只是因為行程的關係，都固定在一開始出場。下週開始就不會來了。妳到時可能也會連續出場喔。」

「哎呀，是這樣嗎？那就不會碰到妳了，真舒服。畢竟我可不想再增加跟妳說話的機會了。」

「這傢伙……咦，怎麼了，編劇？……『歸屬感有點太強了？』啊，對不起，我們這樣子講話，不清楚的人聽了確實會嚇一跳……」

「唔。總之還有這樣的來信，我唸一下。呃——化名，『大叔臉高中生』。」

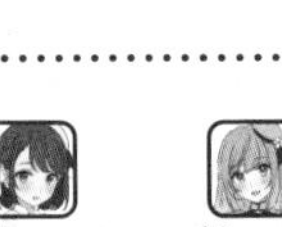

「別繼續增加歸屬感啊。編劇也是，剛才那是故意鋪哏的吧。手法還真仔細呢。」

「『夕姬、夜夜，皇冠好！聽說兩位要在這個廣播裡演出，我覺得廣播裡要是湊齊了夕姬與夜夜，

皇冠☆之星☆廣播！

『夕陽和夜澄的高中生廣播！』的感覺就太強了！』」

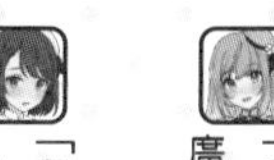

「就是你讓這種感覺變強的啦。啊，這個人是我們廣播的常客。不好意思。」

「是啊。就像這封來信說的，我們已經有兩個人一起主持的廣播節目了。那邊有點，呃，就像剛才那種感覺，嘴巴會有點……」

「會有點壞呢。我們在主持嘴巴很壞又感情不好的廣播節目。所以這邊的廣播氣氛可能也會變得有一點惡劣。」

「因為這種事很平常了，請各位見諒。這個廣播背負著這部作品，所以我是打算盡可能老實點。不過呢，這就要看這位猴子了。」

「誰是猴子啊？妳豎旗標跟回收旗標都太快了啦。要是不擅長埋伏筆，能不能就不要刻意講這種話啊？況且——」

to be continued……

「ＯＫ了。」聽到這句話，由美子摘下了耳機。

不是，那樣算ＯＫ嗎？

由美子雖然感到疑惑，但還是鬆了口氣。

這次「皇冠☆之星☆廣播」與平常的狀況不同。

與以往的主持人所主持的廣播，完全是不同的東西。

因為，眼前的少女是與自己錄音過好幾十次的對手。

夕暮夕陽。

由於錄音間裡有個熟悉的搭檔，她都差點忘記這是在錄其他廣播了。

要是朝加在這裡，就跟高中生廣播的景象別無二致。

因此，她終於明白了。

她明白了之前一直感覺到的不協調感究竟是什麼。

她明白了為什麼跟其他人一起主持廣播總是會覺得怪怪的。

不過要把這個稱為不對勁，就實在是太自我本位了。

「……？什麼啦，佐藤，表情這麼奇怪。」

「不……沒什麼……」

由美子在錄音中注意到了這件事，表情差點變得很奇怪。

儘管她成功堅持到結束，但現在一時大意，就不小心鬆懈了。

她為了隱藏表情而遮住嘴。

跟千佳錄音的時候，她感覺到了一件事。

那就是。

『啊——好自然的感覺……』

對話的走向，導入來信的方式，把話題拋向對方時的氣氛，結束話題的時機，從聊天的入口到落點。

這一切全都進行得行雲流水，非常順暢地結束了。

只要丟出話題，多半都能得到想要的回覆。

她也能極其自然地回應千佳言外之意的要求。

當然，和芽玖瑠以及花火那樣熟練的老手一起主持的話是非常輕鬆沒錯。

對方若是薄荷那種避免失誤，追求穩定感的人，主持起來也不會覺得有負擔。

就算是面對像飾莉那樣的新人，也總是會捏一把冷汗，不知道何時會出什麼包。

跟夕暮夕陽一起主持的廣播，實在說不上是滿分。

雖然說不上滿分。

但是這種令人驚奇的安心感、鬆了口氣的感覺，就是讓她覺得特別舒服。

因為這十分理所當然，所以由美子之前都沒有注意到。

「辛苦了。」

千佳從座位上站起來，迅速離開了錄音間。她不會在錄音後閒聊，也不會鄭重地打招呼。

祭典時的對話只是特例，平常她不會像那樣聊天。

但即使如此，由美子的心情依然獲得了滿足。

自那以後，她練習時也變得更加賣力。

她進一步增加去自主練習的次數，時間也加長了。

隨著正式演唱會逐漸逼近，上課時也變得更加認真。

她們各自放下肩上的重擔，重新向著終點衝刺。

來吧，接下來才要開始。

……儘管由美子是這樣想的，但有些事情非做不可。

「嗯……」

手機震動。

芽玖瑠難得傳來了簡訊。

傳過來的內容是之前約好的交換條件。

上面寫著細節、計畫以及地點。

祭典那天，芽玖瑠在告別時這樣對由美子說：

「歌種，妳可要遵守約定喔。」

約定。

就是指由美子答應她的「我可以答應妳任何一個要求」。

芽玖瑠以這個條件作為交換，跟組合的人一起逛了祭典。

然而芽玖瑠提出的這個要求，實在是非常奇特。

甚至讓由美子覺得「這該不會是什麼玩笑吧」。

但芽玖瑠似乎是前所未有地認真。

如此這般。

由美子為了完成與芽玖瑠的交換條件，來到了指定大樓的其中一個房間。

芽玖瑠好像還特地租了出租空間。

做足了事前所有的準備。

由美子覺得這樣實在不太好，便提過要幫忙以及出錢，但芽玖瑠的說法是這樣的。

『不用。我來就好。這不是聲優的工作。』

但妳也是聲優啊。

由美子很想這樣吐嘈，但這不是她作為柚日咲芽玖瑠所採取的行動。

接下來要去的地方，沒有聲優柚日咲芽玖瑠。

由美子站在門前，輕輕敲了敲門。

下一刻，「來、來了！」她聽到有人的聲音破音。

都不知道該怎麼應對了……這到底是怎麼回事啊……？

由美子忍不住這樣心想，然後慌張地將食指抵在嘴角。

自己是專業的。

她這樣講給自己聽，笑容滿面地打開門。

「哇——————！」

由美子剛踏進去，就響起了歡呼聲。

房間是個極為普通的會議室。裡面排列著白板及椅子，也有長桌。

因為她好像選了隔音的房間，由美子慌張地把門關上。

房間深處站著一名女性。

這位嬌小的女性穿著黑色連帽衫、黑色鴨舌帽，大大的眼鏡和口罩。

「……………………」

看到她這副模樣，由美子差點就恢復冷靜。

「夜夜——！」

不用說，這位興奮吶喊的女性當然是柚日咲芽玖瑠本人。

現在她打扮成隱藏身分進行粉絲活動時的模樣。

由美子在愛心塔的見面會上也見過一次。

她當時識破了芽玖瑠的身分，才會像現在這樣開始交流。

「夜夜，好可愛——！」

儘管眼鏡和口罩幾乎擋住了臉，但依然可以得知她正滿面笑容，情緒十分亢奮。

她一個勁地揮舞著雙手，由於太過感動，聲音都變尖了。

現在的她只是個熱情的粉絲。

因此，柚日咲芽玖瑠不在這裡。

而且，佐藤由美子也不在這裡。

現在，由美子是以歌種夜澄的姿態來的。

將頭髮梳理整齊，搭配自然的妝容和白色的連身裙，給人一種清純的感覺。

這是在活動、節目以及在粉絲面前出現時的打扮。

然後她隔著長桌，跟芽玖瑠面對面。

現在，在場的人是聲優歌種夜澄和普通的女性粉絲，只有她們兩人。

這個狀況正是芽玖瑠要求的「願望」。

『希望我們以粉絲和聲優的關係見面，還要多給我一些粉絲福利。』

為什麼？

芽玖瑠極為認真地提出這個要求時，由美子因為覺得很莫名其妙，便反問了回去。

芽玖瑠是這樣主張的。

『因為被妳們識破了我的身分，所有與夜夜及夕姬交流的活動我都去不了了。』

『也對。妳要是來了，我肯定會覺得「小玖瑠在做什麼啊」。』

『肯定會那樣吧。干擾到演員，是作為粉絲絕對要避免的。』

『啊，妳是擔心那個……？小玖瑠當粉絲的時候真的很一板一眼呢……』

『但是我想見夜夜……所以，我想在什麼都不用在意的地方，全力跟夜夜交流。』

『現在妳眼前的人也是夜夜啊？』

如此這般，才會設下這個機會。

一般女性藤井小姐看起來真的很開心地揮著手。

由美子壓抑住差點一個不小心就冷靜下來的心。

既然對方是作為一介粉絲來到這裡，自己也不得不全力回應——！

「哇——！妳好！是女孩子——！很高興見到妳來～」

由美子邊揮手邊靠近芽玖瑠，芽玖瑠沒有立刻回應。

她滿臉通紅，直接僵在原地。

即使她沒開口說話，由美子也知道她是因為太過亢奮與喜悅，導致腦袋當機了。

但是，芽玖瑠立刻喘著大氣開口說道：

「我超喜歡夜夜好開心能見到妳『Phantom』的演技太棒了我都顫抖了不愧是夜夜我一直在追夜夜大家能明白夜夜有多厲害我真的很開心太棒了我超喜歡妳我會一直支持妳的請加油！」

那幾乎已經算是一種咒語了。

芽玖瑠以超快的語速連珠炮講個不停，但還是能聽得懂她講什麼這點真的很厲害。

這次沒有工作人員勸阻，所以感覺像平常那樣講話就可以了……但她或許已經養成習慣了。

「嗯，謝謝！我好開心！今後也要支持我喔。我也最喜歡妳了～」

「…………！」

由美子自然而然地握住了她的手。

沒有人排隊，而且對方又是女孩子，一個不小心就這樣做了。

由美子握住手之後，芽玖瑠的身體慢慢失去力氣，整個人變得軟綿綿的。

芽玖瑠是有嘗試用雙手回握，但感覺手完全使不上力。

就好像是在握著棉花糖那類的東西。

「謝、謝謝妳……這樣、我就算今天死掉也無所謂了……」

芽玖瑠伏下紅到耳朵的臉，這樣說道。

如果是她，很有可能真的這樣想。

芽玖瑠的腿顫抖了好一陣子，這時她抬起紅通通的臉。

像是下定決心那樣開口說道：

「那、那個……其、其實今天，我有個請求……如果……可以的話……」

「嗯嗯，什麼事？」

「可以……一起……拍張照嗎……」

「拍照？」

「啊！不行就算了對不起是我太得意忘形了！」

芽玖瑠猛然放開手，逃到了牆邊。

確實，如果是一般的活動是不能拍照的。

但現在不僅有時間，而且還是私底下。

由美子一瞬間心想，這也只是聲優一起拍照而已。

不過，現在的狀況相當奇怪，她會混亂也是情有可原。

「當然可以啊！來拍吧。」

由美子爽快同意後，芽玖瑠的表情瞬間就豁然開朗。

十分可愛。由美子打從心底覺得她真的是個不錯的粉絲。

雖然她是這樣想的，但也差點回過神，想說這是怎麼樣。

這是因為芽玖瑠拿出了熟悉的手機。

由美子立刻心想「不行不行」，集中精神扮演歌種夜澄。

「嗯？要那樣拍喔？這樣拍是不是比較好？」

芽玖瑠把手機放在桌上，打算用倒數計時拍。

想必是因為沒有其他人在拍吧。

但這樣的話用內建相機拍不就好了嗎？

由美子如此提議後，芽玖瑠頓時滿臉通紅，把兩手往前伸。

「不、不行不行不行不行！怎、怎麼可以！在那麼近的地方拍照，那麼、那麼不知分寸的事情，我做不到……！」

「妳在說什麼啊？機會難得，我們一起拍吧。來嘛來嘛。」

下一瞬間，芽玖瑠的臉紅到好像要冒出蒸氣似的，眼睛開始不停打轉。

由美子強行摟過肩膀，使勁貼了上去。

感覺要是移開肩膀，她就會直接癱軟無力地坐倒在地。

「啊，既然要拍照就拿下口罩吧？呃……我要叫妳什麼？」

「我、我叫杏奈……」

杏奈啊。名字還真可愛。

之前由美子問她名字時她完全不肯透露，但現在的話感覺她甚至會說出有多少存款。

芽玖瑠腳步不穩地拿下眼鏡和口罩，對著相機露出了放鬆的笑容。

在軟萌的笑容旁邊，由美子也擺出滿分的笑容。

「好，小杏奈。要拍了喔——」

「是、是……」

芽玖瑠整個人已經變得軟綿綿的了。由美子聽著她的回應，按下了快門。

「謝謝——！最喜歡夜夜了——————！」

由美子回頭對著這陣歡呼揮手，同時走向門口。

退場的時間到了。

由美子就這樣走出房間，緩緩把門關上。

這樣一來，就聽不到芽玖瑠興奮的聲音了。

活動結束。

由美子在安靜的走廊裡獨自盯著門。

「…………這樣，就可以了……吧……？」

由美子忍不住想打開門問「小玖瑠，這樣就可以了嗎？」。

但是，待在房間裡的人不是芽玖瑠，是藤井杏奈。

由美子不忍心破壞她活動結束後的餘韻，要讓她回歸現實也很過意不去。

今天的事情應該終究是與粉絲之間的交流，應該劃分清楚。

但是，過了幾天。

由美子沒辦法問芽玖瑠，於是便問了一下花火。

聽說芽玖瑠在活動結束後也大吵大鬧的，看來應該算是成功吧。

從學校直奔課程室，進行自主練習之後再回家。

在沒有工作的日子，這就是每日的課題。當天她也進行了充足的練習。

就在這天，洗完澡後。

由美子正在客廳一邊護膚，一邊開著手機的擴音閒聊。

對象是若菜。

『然後啊～得先決定校外教學的自由行動要做什麼啦。』

「啊～是啊。但是，就算老師說我們在京都可以自由行動，也不知道做什麼啊～」

『就是啊～京都除了寺廟還有什麼啊～？』

由美子把化妝水接連浸潤到臉上，自然而然地將視線移向電視。

電視在播某個娛樂節目。一群藝人排排站在豪華的布景裡面。

介紹來賓時出現了喜歡的歌手，由美子便不由得關注了一下。

但是，鏡頭立刻轉到了另外一位來賓。

由美子頓時大吃一驚。

因為，熟悉的臉正在朝著鏡頭揮手。

『好的～我是聲優櫻並木乙女～請多指教～』

「咦、咦！」

『哇！怎麼啦，由美子？』

由美子明明還在通電話，卻忍不住喊了出來。

她依然處於混亂，勉強回話。

「沒……因為我的聲優前輩在無線電視裡面出現了，害我有點嚇到……」

『咦，很厲害嘛。上電視了？小渡邊？』

「不，不是渡邊，而且那傢伙是後輩。」

『但小渡邊說自己算是由美子的前輩耶。』

「那只是她的片面之詞啦。」

在聊天的期間，由美子也沒有讓目光離開電視。

畢竟經常在身邊的親近人士正在電視上歡笑。

由美子也不是沒有過這種經驗。

訝。

但是，乙女在跟動畫以及作品都完全無關的一般娛樂節目中突然登場，還是讓她相當驚訝。

在乙女旁邊的也都是有名的演員和歌手。

『啊～不過說到這個。最近經常會在電視上看到聲優呢。』

若菜的印象似乎也是這樣。

不過，能在電視亮相的只有極少部分的聲優。

眼見乙女自然地加入了那極少部分的行列，由美子不禁震撼不已。

「姊姊果然很厲害啊……」

她在電視中開朗地笑著的畫面，十分耀眼。

下次見面的時候就多問問吧，由美子默默地點頭。

由美子錄完這週的高中生廣播，正走在錄音室的走廊上。

「啊！小夜澄——！」此時響起了開朗的聲音。

由美子回頭望去，有位漂亮的女性正在對她不斷招手。

她搖晃著柔順的頭髮，端正的五官正作出耀眼的笑容。

她的周圍瞬間明亮了起來，彷彿只有她身邊開了花那樣，由美子的心也跟著湧起一股暖

意。

服裝是灰色的薄針織衫，外面披著開襟羊毛衫，下半身是米色的長裙。

看到清純且穩重的打扮，由美子不禁想著「喔喔，好可愛」，目光被她所吸引。

她的名字是櫻並木乙女。

隸屬於多里尼堤，是目前大受歡迎的聲優。

她雖然沒有打扮得像電視上看到的時候那麼正式，但依然不減那耀眼的光輝。

由美子也開心地說著「乙女姊姊」，兩人跑向彼此。

她們快步走近之後，說著「真巧～」碰了對方的手。

「姊姊也是錄廣播？剛結束嗎？」

「沒錯沒錯。小夜澄妳也剛錄完音？有空的話，待會兒要不要一起去吃飯？」

由美子收到了非常令人開心的邀請。

難得見面，去哪裡吃個飯談天說地，是非常有魅力的提議。

但是。

「啊……可是，我有課程。」

浮現在腦海的，是夥伴和千佳等人跳舞的身影。

現在時間上是不能去課程室了，但可以在家自主練習。

盡可能練多一點，盡可能練久一點。

現在應該把時間花在練習上面。

所以今天就算了吧——由美子正要拒絕……

加賀崎的話語頓時浮現在腦海。

因為前幾天才剛發生過這樣的對話。

『……由美子。妳自主練習練得很勤對吧。』

『嗯？對。畢竟離演唱會也沒多少時間了，我想盡可能做到最好。』

由美子這樣回答後，加賀崎那端正的臉微微皺了一下，傻眼地吐了口氣。

然後，用指尖指著由美子。

『我說啊。「Phantom」那時我也說過，禁止過於拚命。「瑪修娜小姐」那邊就幾乎停滯不前了吧。妳要再稍微放鬆一點。』

『咦？可是，我沒有那麼勉強自己啊？』

『會這麼想的只有由美子而已。我說過吧，這樣視野也會跟著變狹窄。再稍微留點餘裕……啊，那不如這樣吧，妳去課程室自主練習是沒關係，但是禁止妳以其他的自主練習為理由拒絕別人約妳遊玩。妳要多出去玩。』

『咦，什麼啦……？』

由美子和她進行過這樣的對話。

她回想起加賀崎就好像預測到了現在的狀況那樣說出的那些話，慌張地重新想了一下。

有沒有好好休息？

最近是不是總是在練習？視野有沒有變狹窄？

「……不，我去。我要去我要去。姊姊，我要去。我們去吃飯吧。」

「哇，太好了～但沒關係嗎？感覺妳好像有什麼計畫……」

「不，沒關係……重要的是，謝謝妳……幸虧有姊姊在，幫了我大忙……」

「？」

由美子不斷揉著眉頭。

要是沒被加賀崎說那些話，由美子可能就會拒絕邀約，在家努力練習。

這就是所謂的過於拚命嗎……

加賀崎提醒過好幾次，說這樣不會有好結果。

反正有在課程室認真地自主練習，再稍微注意點吧……

要吃什麼～？兩人這樣聊著聊著，並肩走出錄音室。

此時，由美子想起前陣子的事情。

「啊，對了。姊姊，我之前嚇了一跳耶。妳上電視了吧？我剛好看到了喔～害我明明在跟朋友聊天卻叫了出來。」

「唔？……呃，哪個節目？」

乙女露出為難的笑容，歪了歪頭。

由美子忍不住「喔喔」的發出怪聲。

「……已經上了那麼多節目嗎？」

「嗯——應該是最近也會接到這種工作吧？播放時間很亂，所以我也沒有全部掌握。」

乙女把手指抵在下顎，同時有些害羞地說道。

好厲害啊……由美子自然地發出這樣的聲音。

但這樣的話，有件事就讓由美子非常在意。

「乙女姊姊，妳的工作量沒問題嗎？會不會又變得太忙？」

工作很多是件好事，但由美子不禁想起之前那討厭的光景。

櫻並木乙女在不久之前由於過勞，不得已暫停了活動。

她現在接下了與之前不同種類的工作，會不會又忙到不可開交呢？

隨後，乙女呵呵地笑了。

她直接以雙手擺出勝利手勢。

「我非常有精神。狀態很好喔。經紀人也會幫我留意，安排恰當的工作量。沒事的沒事的。」

她將手指像螃蟹那般開合，整個人笑咪咪的。

她的笑容是發自內心，不像在掩飾或是逞強。

由美子心想「真的沒問題呢」並鬆了口氣。

乙女緊緊握住手，露出微笑。

「該怎麼說呢，我感覺演技也比以前更好了。可能是因為身體變得比較有精神，檢查劇本的時間也比以前快，聲音的狀態也很好。果然做事情必須要適可而止呢。我現在重新體會到讓自己保有餘裕是很重要的。」

由美子聽了後感到震驚。

那就是由美子剛才差點犯蠢搞砸的狀況。

儘管由美子的行程沒有之前的乙女那般緊湊，但她不擅長為精神留有餘裕，總是會自顧自地把自己逼到絕境。

乙女能上電視，或許也要歸功於這份餘裕。

「的確……姊姊感覺比以前有精神，而且閃閃動人……」

由美子目不轉睛地看著她。

這個人原本就美麗又可愛，現在好像變得更加出色了。

若是私生活和工作都很充實，人果然就會顯得更加耀眼嗎？

「咦，是嗎？啊哈哈，我很開心喔。」

乙女害羞地用手摸著頭髮，但那一個一個動作都很柔和。

乙女現在顯得游刃有餘，一起玩的機會感覺也比以前多了，這些事情都很令人高興。

此外，乙女還露出了燦爛的笑容。

「還有啊，小夜澄。我現在有作為聲優的目標了。就像小夜澄說過『想要成為泡沫美少女』的那個目標一樣。有想要努力的目標，真的很棒呢。」

「哦……」

乙女之所以看起來如此閃耀，這也是其中一個原因嗎？

正如乙女說的，目標會給人帶來力量。

這點由美子也自知甚深，而且她很高興聽到乙女看到的未來當中有了目標。

但是。

「………………」

聽到目標，由美子最先想到的不是泡沫美少女。

而是長瀏海、眼神銳利的少女。但她就算嘴巴裂開也不會說出來。

「嗳，姊姊的目標是什麼啊？我好想知道喔——告訴我嘛。」

由美子像是為了甩掉自己的想法般，如此詢問乙女。

或許是沒想到會被問到這一點，乙女的表情頓時顯得很著急。

她突然臉紅起來，弓起身子。

「呃，那個，因為這個目標跟別人說的話會有點難為情……下、下次，等我下定決心就告訴妳。」

「咦～什麼啦～告訴我嘛～」

由美子開著玩笑戳她的側腹，乙女頓時露出很癢的樣子，快步地往前走。

由美子笑著追了上去。

乙女散發出平穩的氛圍，這真的令她很開心。

演唱會一天天地逼近。

隨著反覆進行課程，能流暢地跳完的曲目也跟著多了起來，完成度也在上升。

日積月累的努力果然偉大，現在無論哪首曲子都能跳得教人刮目相看。

由美子今天也要進行自主練習。

她一如既往地待在課程室，與薄荷兩個人在鏡子前面配合曲子跳舞。

她們在最後擺好姿勢，在聲音停止之前都保持在這個姿勢靜止不動。

就算身體不動，汗水也順著臉頰滑落在地上。

「……好——就先休息一下吧。」

「知道了——……」

由美子解開姿勢後如此提議，薄荷聞言就原地坐了下來。

火燙的身體噴出汗水，嬌小的臉隨著喘氣而上下移動。

之前薄荷會直接倒在地上，看來她也增強了不少體力。

舞蹈現在也好到之前根本無法相提並論。

不用說，這是她自己努力的成果。

「小薄荷，辛苦了──」

「啊，不好意思。謝謝妳。」

由美子去拿自己的飲料，順便也把薄荷的水壺拿了過來。

她立刻開始大口喝水。

這時，由美子不經意地望向時鐘。

「小薄荷，最近妳都留到很晚，不要緊嗎？家人不會生氣嗎？」

時鐘的針早就過了小學生可以出門的時間。

以前還沒有留得這麼晚，但最近她自主練習的時間在慢慢延長。

由美子想起自己還是小學生時的門禁時間，不由得感到擔心。

薄荷用水壺喝了一段時間的水，隨後用體操服擦了擦嘴。

這樣很沒規矩喔。

「不要緊。我跟媽……母親說好了。回去的時候家人也會開車來接我。」

「這樣啊。那我就放心了……」

讓她自己走夜路實在令人擔心，不過既然有人來接就好。

就算在工作，薄荷也還是小學生。

看樣子這部分她的家人也會留意。

「比起我，歌種小姐沒問題嗎？妳還是學生吧。這樣不會被罵嗎？」

由美子聽到這種講法後忍不住笑了。自己竟然被小學生擔心了。

「高中生的話，就算這個時間在外面也沒那麼奇怪喔。畢竟也有人會因為去補習班或是打工而晚回家。而且，我家長晚上也不在。」

回到家也是自己一個人，不會被發脾氣。

當然，這並不代表可以隨心所欲，她會定期地被叮囑「不可以太晚回家喔」。

某種程度上都會睜一隻眼閉一隻眼。

薄荷那邊說不定也是受到家長的強烈影響。

此時，薄荷主動說出了這一點。

「這樣啊……我家也是，母親因為工作的關係，晚上常常不在。」

「畢竟妳媽媽是女演員嘛。」

祭典的時候，由美子聽到她強烈的想法。

而這的想法化為了原動力，現在她也努力到精疲力盡。

自那次祭典之後，組合裡的氣氛也起了一點變化。

有種組合終於成為一體的感覺。

作為一個曾經為此捏把冷汗的人，由美子感到十分開心。

「嗯。啊，抱歉。有電話。」

由美子看到手機在遠處震動，便挺起身子。

她看了一下，是加賀崎打來的。

如果是朋友，她會待會兒再打回去，但經紀人就另當別論了。

反正現在正在休息，於是她拿起電話移動到走廊。

「喂喂——加賀崎小姐？怎麼了？」

『啊，由美子。現在方便講電話嗎？如果在家，我想讓妳確認一下資料。』

「啊——對不起。加賀崎小姐。我還在自主練習，人在外面。很急嗎？」

雖然這樣回答了，卻沒有聽到回覆。

相對的，傳來了疑惑的聲音。

『……妳竟然留到這麼晚啊，由美子。好像不只是天數，甚至還花了不少時間啊。妳沒問題吧？』

這番話其中也包含了擔心她「該不會視野變狹窄了吧」。

要是給出錯誤的回答，她似乎會對此做些調整。

由美子慌張地回答。

「沒、沒問題啦。休息的時候我有好好休息，也會自己喘口氣的。像前陣子我才剛和乙女姊姊去吃飯喔。沒有光顧著練習啦。」

『那就好。但妳千萬不要勉強。別忘記小林檎說過的話喔。』

「我、我知道啦。」

由美子掛斷電話，呼地吐出一口氣。

如果之前沒有見到乙女，說不定就危險了。

還是好好注意一下吧……

加賀崎的事情似乎回去再做也不要緊，於是由美子便跟她約好了晚點再聯絡。

她安心地吐了口氣，同時回到課程室。

「…………………」

下一刻，她看到薄荷坐著擺出嚴肅的表情，摸著自己的腳。

是在按摩嗎？

她注意到由美子進來，猛然把頭抬起，迅速地起身。

「歌種小姐，事情說完了嗎？那麼，我們再稍微練習一下吧！畢竟時間有限呢！」

聽到充滿幹勁的聲音，由美子不禁露出微笑。

「好，來練吧！」由美子這樣回了一聲，再次開始練習。

Tiara★Stars★Radio 第7回

「大家，皇冠好！我是飾演小鳥遊春日的柚日咲芽玖瑠～」

「大家，皇冠好！我是飾演海野玲音的歌種夜澄～本節目是幫大家介紹各種『皇冠☆之星』相關資訊的廣播節目！」

「對，那麼『皇冠☆之星』第7回要開始了！這次是跟第1回相同的陣容！由我們兩個人負責主持～」

「對，我們要開始了。呃，然後呢，其實，我上次錄音的時候說『下週不會出場』。」

「是說過呢（笑）。」

「總之，行程上剛好有了各種原因，就臨時由我出場了。所以每週收聽的聽眾可能會嚇一跳呢。」

「畢竟妳說了不會出場嘛。」

「哎呀～真不該多嘴呢～」

「總之，就是由我們兩個人主持啦。主持人的組合好像還是第一次重複吧？」

「就是啊～明明才第7回呢(笑)。真對不起期待各種組合的聽眾～」

「沒事沒事，這次就請大家聽我們兩個人主持吧。所以呢，這個嘛，我們今天會閱讀很多來信。」

「很高興的是我們收到了很多來信！所以我們今天要閱讀很多很多～那麼，開場閒聊差不多該結束了？」

「好喔。那麼，立刻開始吧——」

皇冠☆之星☆廣播！

to be continued……

「ＯＫ了。」聽到這句話，由美子摘下了耳機。

她忍不住沮喪了起來。

雖說她有自己的理由，但感覺很多地方都主持得有點隨便。

必須反省才行……由美子這樣思考，但腦袋裡卻蒙上一層陰霾。

「歌種。」

芽玖瑠隔著桌子坐在對面。

她正準備回家，沒有把臉朝向這邊。

但是，她以平靜的語調繼續說道：

「妳現在在意也無濟於事吧。雖說事情剛剛發生，要不在意應該很難。」

「嗯……我明白的。對不起，小玖瑠。我沒有說到什麼話。」

「起碼妳講得很流暢就很好了。」

她輕描淡寫地如此說道，可以從中感受到她的溫柔。

但是，讓芽玖瑠顧慮自己的事實，讓由美子的心情變得沉重。

芽玖瑠或許是感受到了由美子的想法，微微吐了口氣。

「妳這週要校外教學吧。這個樣子怎麼行呢？就當作去放鬆，好好玩一下如何？」

她甚至說出了這種話。

但是，心情反而因此變得更沉重了。

偏偏是這週必須去校外教學。

雖說那是學校的活動，但由美子還是忍不住心想「現在哪是這種時候啊」。

其他還有許多更應該做的事情吧。

眼見由美子默不吭聲，芽玖瑠狠狠瞪了過來。

「我先說喔，妳別想要請假。就算妳在也只會礙事。現在歌種不在反而比較好。」

她這樣耳提面命。

由美子雖然不至於把這番話當真，但要是自己缺席了校外教學，芽玖瑠肯定會大發雷霆。

由美子嘆了口氣。

只能這樣講了。

「對不起，小玖瑠……我會去的。」

「嗯。好好玩吧。」

只有最後這句話的語氣稍稍有些溫柔。

由美子突然要在廣播裡出場，甚至讓芽玖瑠關心。

狀況之所以會變成現在這樣，原因來自昨天的自主練習。

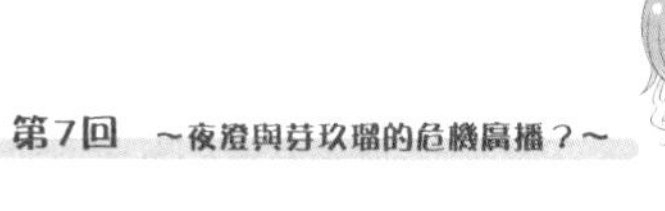

那天晚上，「奎宿九」的四個人久違地在自主練習中集合。

就算有訓練員在場的組合練習都是四個人一起，但是在自主練習時卻鮮少這種狀況。

所以可能是因為這樣，薄荷情緒很嗨。

「來吧，來吧，難得四個人聚在一起！要從什麼開始？整個跳一遍？乾脆現在直接彩排嗎？」

她以燦爛的表情這樣說道。

她的情緒高到惹人憐愛，課程室的氣氛頓時溫暖了起來。

「小薄荷～妳要是拚過頭的話會累趴的喔～？」

「妳在說什麼啊，御花小姐！我可是增強了不少體力！我要讓妳見識體力的差距！」

即使飾莉說出捉弄人的話，她也充滿自信地對答。

這不是虛張聲勢，實際上薄荷的技術與體力確實增加了。

飾莉或許也明白這一點，就算繼續用捉弄的口氣說著「妳說這種話沒問題嗎～？」笑容也是十分柔和。

話雖如此，感覺薄荷的情緒是有點太嗨了。

平常她不會這麼雀躍，想必是因為四個人聚在一起讓她真的很高興吧。

雖然講的話很急躁，但薄荷做柔軟體操時比平常還要認真，似乎不會白忙一場。

「那就一首一首跳過一遍？」

聽到芽玖瑠的提議，沒有人提出異議。

她們擺好隊形，站在鏡子前。

「……？」

這時，由美子感覺不太對勁。因為薄荷的表情莫名緊繃。

是現在突然又開始緊張了嗎？

不過雖然感覺不對勁，但不需要特地停下練習。

曲子就這樣開始播放。

……………

音樂停止，四個人解開固定的姿勢。

隨後，飾莉立刻大喊。

「小薄荷，很厲害呢～妳現在跳得非常好耶～中間的舞步感覺也不錯，很漂亮～」

飾莉針對薄荷之前不擅長的地方送上讚賞。

再怎麼說，她還是有在仔細觀察薄荷。

然而，由美子的眼中只感到不對勁。

「嗯、嗯啊……那當然……我可是練習了好久呢……」

薄荷把手撐在膝蓋上，不斷地喘著大氣。幾滴汗水流過下顎。

飾莉雖然誇獎了薄荷，但薄荷其實能動得更精湛。

剛才的動作和兩人一起練習時相差懸殊。

她不僅增強了體力，以前也從沒這麼快就累垮。

「小薄荷，沒事吧？妳好像有點怪怪的？」

由美子不禁這樣詢問她。

隨後，薄荷像平常那樣挺起胸膛。

「妳在說什麼啊，歌種小姐？我沒事。來，下一首曲子要開始了。請回到自己的站位。」

她推開由美子的身體，強行結束了話題。

真的不要緊嗎？

然而，當由美子還在猶豫是否該強行停止練習時，下一首曲子已經開始了。

她慌張地集中意識。

就在這時。

「啊。」

微微響起了「咚」的一聲。

由美子朝那邊看過去，發現是薄荷和飾莉碰到了彼此，兩個人都失去了平衡。

但是，樣子很奇怪。

明明身體並沒有那麼強烈接觸，但薄荷依然倒在地上不動。

飾莉似乎沒事，但薄荷一直沒有起來。

「小、小薄荷？沒、沒事吧～？對不起，該不會是我踩到哪裡了？」

看到薄荷那非比尋常的樣子，飾莉戰戰兢兢地向她詢問。

由美子與芽玖瑠也慌張地跑到了她身邊。

「唔、唔唔唔……！」

薄荷在地上蜷縮著身子，發出類似呻吟的聲音。

她難受地握緊拳頭，臉貼在地板上。

從剛才開始，出汗也很嚴重。

「小薄荷，怎麼了？有哪裡痛嗎？是怎麼痛？」

芽玖瑠蹲在旁邊詢問薄荷。

但是，薄荷只是拚命搖頭。

「沒……根本、沒有、哪裡痛……！」

她痛苦地呻吟。不管怎麼看她都是在逞強。

薄荷用手按著腳。芽玖瑠似乎從這一點判斷出了原因所在。

她立刻捲起薄荷的裙襬。

「咦……」

啞口無言。

薄荷纖瘦的腳踝上有個奇怪的東西。

那是以非常亂七八糟的方式纏起來的繃帶。

那個繃帶之所以會不自然地鼓著，八成是因為裡面貼著藥布之類的東西。

「……小薄荷，這是妳自己弄的吧。」

芽玖瑠這樣說著，打算脫下薄荷的鞋子。

薄荷立刻疼得大叫。

聽到令人心痛的叫聲，大家頓時明白那是什麼程度的劇痛。

「不、不要緊……我沒事……根本、不痛……」

薄荷在啜泣的同時這樣訴說。

芽玖瑠解開了八成沒有起任何作用的繃帶。

解開之後，裡面不是藥布，而是紗布。

而且是用透明膠帶貼上去的。

「………」

她是想說姑且貼個比較像樣的東西嗎？

可以看出她是在一無所知的狀況下自己處理的。

芽玖瑠取下紗布，發現薄荷的腳踝整個腫得很厲害。

她看到這一幕，微微吐了口氣，接著迅速起身。

「總之先聯絡訓練員。小薄荷，借一下妳的手機喔。因為還要聯絡小薄荷的經紀人。妳們倆先跟訓練員報告，啊，跟製作人也可以。如果不能馬上來，我就直接帶她去醫院。」

「不要……別這樣啦……這種傷，馬上就會好的……！」

薄荷低著頭，像是在說夢話那般訴說。

芽玖瑠一瞬間面露難色，但她立刻恢復了表情。

看到這樣的芽玖瑠，由美子不禁問她。

「小、小玖瑠，有那麼嚴重嗎……？」

「很嚴重。應該是開始疼痛之後她也一直無視問題，繼續操著腳。這嚴重到會讓醫生說『為什麼沒有馬上來』。不是一兩天就能治好的。」

……想像得到。

從捲得亂七八糟的繃帶以及毫無意義的紗布，可以看出她想私下處理這件事。

她應該很久以前就開始疼了，卻一直不斷隱瞞著這件事，堅持到了今天。

因為被周圍的人知道的話，她一定沒辦法繼續參加課程。

「歌種，快點聯絡。」

由美子聽到芽玖瑠這句話，猛然回神。

薄荷的啜泣聲變得更厲害了，但她沒有站起來。

由美子感受著胸口的疼痛，同時拿起手機。

由美子立刻聯絡到了訓練員，之後薄荷的家長好像也收到了通知。

經紀人和家長出現，把薄荷帶到了醫院。

訓練員似乎也跟著去了，事後也把狀況告訴由美子她們。

「聽說小薄荷的課程要暫時休息。」

芽玖瑠邊收起手機邊回到房間。

訓練員似乎是這麼說的。

三個人沒有繼續練習的心情，也沒打算回去，就這樣留在課程室。

芽玖瑠以平淡的語氣傳達訓練員所說的話。

「原因好像是過勞。是因為她明明沒有肌肉，卻一直用還沒發育成熟的身體承受過度的負荷。據說小孩子經常會有這種狀況。」

由美子覺得「啊，是嗎？」差點就嘆了氣。

她的身體很嬌小。手腳纖瘦，身體也沒那麼圓潤，以小學五年級來說個子也很矮。

原因是她讓還沒完全發育的身體太過亂來。

一想到這件事，胸口就一陣苦悶。

「暫時休息，是休息多久……？」

「不知道。應該是等到經紀人她們允許參加課程才可以吧。」

以她的腳那樣是沒辦法了。不過狀況似乎沒有到骨折那麼嚴重，算是不幸中的大幸。

她應該會暫時療養一陣子，然後在能回來的時間點重新參加課程吧。

「不過。應該也不至於無法參加演唱會。這部分倒還可以吧。」

芽玖瑠冷淡地這樣說道。

「嗯……」

能參加演唱會。

雖然能參加，但薄荷能不能接受就是另一回事了。

正因為她比任何人都努力，想要留下結果，所以應該更難忍受要暫時休息吧。

一想到她的心境，胸口就感到難受。

希望她至少能快點回來就好了——

「……這樣，整體的表演水準會明顯下滑呢。」

如此嘟囔的是飾莉。

她沒有與別人對視，就像是在自言自語似的喃喃說道。

然而，那句話明顯是說給由美子聽的。

薄荷暫時不能練習。很遺憾，事情就是這樣了。

整體的表演水準無論如何都會下降……

「現在要怎麼辦？暫時休息的意思是，那孩子會扯後腿吧。」

飾莉繼續這樣說道。

語氣與平時不同，是因為感到憤怒嗎？

飾莉說的是事實，但這種講法是不行的。

「小飾莉，這樣講不太好吧。不該責備小薄荷……」

「我是在責備小夜澄啊。」

由美子差點發出「咦？」一聲。

這出乎意料的回答讓她頓時不知所措。

這時，飾莉抬起頭，筆直地看著由美子的眼睛。

她的臉上沒有平常的笑容，而是以嚴肅的表情凝視著由美子。

現在的她沒有用拖長音的說話方式，也沒有平易近人的笑容。

她用判若兩人的表情觀察著由美子。

「小夜澄，妳和小薄荷一直都在一起吧。小夜澄是沒關係，因為妳是習慣了演唱會的大人。可是，小薄荷應該就是想跟上妳才把身體搞壞的吧。畢竟她的身體還是小孩子。小夜澄明明離她最近，卻完全沒有注意到她的不適嗎？妳到底看了什麼？……妳從櫻並木乙女那件事沒有學到任何東西嗎？」

她這樣說。

由美子沒想到會被她這樣說。

但是，以前練習的景象瞬間在腦海閃過。

……啊，沒錯。

薄荷之所以會那樣勤奮地自主練習，是因為歌種夜澄同樣在努力。不斷延長練習時間，也增加參加練習的天數。她練習的量甚至比年長的人還多。

她想跟上由美子。

確實有過身體不適的徵兆。

回想薄荷的狀況，確實是有幾次不對勁。

由美子也看過她在意腳的樣子，看過她遲遲不離開的樣子，看過她亂來的樣子。

但是，由美子相信了薄荷的說法……相信了孩子說的話。

之前一直忽略了這點。

沒有注意到——不對，是不打算注意……？

「御花，妳對歌種這樣要求就有點過分了吧。畢竟是那孩子想隱瞞，沒注意到也是無可奈何。而且，這不只是歌種的責任吧。」

芽玖瑠用平淡的語氣，勸阻了御花。

飾莉聽了不禁抿緊嘴唇，皺起眉頭，露出了難受的表情。

「是這樣沒錯……」她就像是要傾吐出自己的懊悔那般，如此開口，隨後又搖了搖頭。

「但是，小夜澄明明是隊長，她卻只在意比賽的事情。執著於夕暮夕陽，根本沒有看見任何重要的事情。就是因為她的錯才會變成這樣。不斷地煽動小薄荷，搞垮了她。比起競爭對手，妳更應該做好自己的工作啊。妳總是這樣。因為視野狹窄，把一切統統搞砸了。那次陪睡嫌疑的時候也——」

「御花。」

芽玖瑠的聲音響起。

這時，飾莉才終於停止繼續說下去。

由美子只能茫然地站在原地。

被指出事實，讓她的腦袋變得一片空白，因為後悔與罪惡感導致呼吸變得急促。

芽玖瑠就好像是在說給她聽的那樣，開口說道：

「這沒有關係。妳說得太過分了。」

「視野狹窄是有關係的。小夜澄應該要更關心周圍——」

「御花。」

「……柚日咲小姐覺得沒問題的話，就這樣吧。」

飾莉撂下這句話，就這樣走出了課程室。

芽玖瑠把手放在由美子肩上，輕聲說道：

「這邊由我來處理。」

語畢，芽玖瑠就去追飾莉了。

課程室的門關上了。

在寬敞的房間裡，獨自一人。

由美子被留在無聲的空間。

她就這樣緩緩地坐倒在地。

「啊——啊——」

呼吸急促。好痛苦。她大口吐氣，壓著劇烈跳動的心臟。

飾莉的每句話都深深刺進了胸口。

椎心的疼痛一陣一陣地傳來。

腦袋被罪惡感填滿，幾乎要讓她因此窒息。

「我……明明必須要注意到的。」

自己明明是隊長，明明一直跟薄荷一起練習，明明在最近的地方。

明明以前還近距離看過乙女因工作過頭而倒下的樣子。

明明自己知道人是會輕易壞掉的。

儘管注意到薄荷的狀況很奇怪，卻什麼也沒做。

『不要……別這樣啦……這種傷，馬上就會好的……！』

薄荷的啜泣聲在腦海中閃現。

都怪自己害她露出那種表情。

是自己，搞垮了薄荷……？

胸口好難受。

滾滾的黑煙充滿了肺部，就這樣狠狠壓垮了由美子。

『執著於夕暮夕陽，根本沒有看見任何重要的事情。』

「唔————————」

有個東西湧了上來，由美子的表情頓時扭曲。

——那是她不想聽到別人說的話。

過於把千佳當成競爭對手，導致自己看不到周圍的狀況。

組合因為自己的錯而變得一團糟。

都怪自己執著於千佳，才會搞砸了一切。

這個苦澀的事實彷彿勒住了自己的脖子。

她步履蹣跚地抬起頭，看到大鏡子裡映出了自己糟糕的臉色。

只考慮到自己，什麼都看不到，只有嘴巴厲害的愚蠢隊長。

由美子難以忍受這點，低頭趴在地上。

「什麼……什麼隊長啊……明明……明明、什麼都看不到……！」

她宣洩出在胸口擠成一團的話語，用拳頭捶打地板。

因為自己的任性和執著，導致事情變成這樣。

難受，痛苦，難受到想死。

她覺得自己非常丟臉。

甚至還對千佳感到抱歉。

都怪自己這麼遜，老是失敗，所以千佳那「不想輸」的心情也被一同否定。

「小薄荷……對不起……對不起……！」

淚水奪眶而出。

只看著千佳，沒有看向周圍。

這份執著導致組合變成了現在的狀態。

即使如此，她也什麼都做不到。

自己只能被現實擊潰，什麼也做不到，這也讓她覺得十分丟臉，淚水撲簌簌地流下。

「歌種。」

由美子抬起頭。

芽玖瑠打開了課程室的門。

由美子還以為她已經回去了。

儘管待在這裡也沒有意義，但由美子也沒精神回家。

因為沒有其他人，她就靠在牆上，只是坐在那裡。

「小玖瑠……」

「妳這是什麼表情啊？」

芽玖瑠嘆了口氣。

自己又犯了相同的錯誤，芽玖瑠也感到很傻眼嗎？

明明以前的柚日咲芽玖瑠都那樣忠告過自己了。

跟惹火芽玖瑠的那時一樣，把飾莉惹火了。

芽玖瑠走到眼前，再次嘆了口氣。

由美子忍不住開口。

「對不起，小玖瑠…對不起……」

「別道歉。」

聽到芽玖瑠以嚴厲的口吻如此說道，由美子的身體差點彈了起來。

芽玖瑠果然也在生氣。

甚至不讓由美子道歉。

「不是的。」

芽玖瑠這樣低喃了一句，坐到由美子面前。

她配合兩個人的視線高度，注視著由美子。

接著平靜地說道：

「妳反省過了吧。既然這樣就不用道歉。這次——至少這次，也不是妳一個人的錯。」

芽玖瑠伸出手，揪住由美子的鼻子。

由美子因為這樣而跟她對上視線。

「確實，妳的視野又變得狹窄了。如果不是妳，說不定會注意到那孩子的異狀。可是，對方是不懂得踩煞車的小孩，到最後應該也會在什麼地方翻車吧。那孩子雖然是跟著妳的腳步才翻車的，但也可以說幸好是現在這樣。」

「畢竟現在的狀況也不是無可挽回。」芽玖瑠這樣繼續說著，然後挺起身子。

「而且在我眼裡，妳——不管是妳還是御花，都是不懂得踩煞車的小孩子啦。表現得像個年輕人，讓感情爆發，互相碰撞。」

「小玖瑠……」

她的視線再次回到由美子身上，正面看了過來。

就這樣緩緩開口。

「我不會叫妳別在意，但不要為此煩惱。總會順利的。我會設法解決。這樣就行了吧。

這次就這樣結束吧。」

芽玖瑠的這番話十分充滿魅力。

如果說因為反省了就可以結束，自然是再好不過的。

但是，做不到。

因為問題根本沒有解決。

不管是薄荷也好。

還是飾莉。

隨後，芽玖瑠將視線朝向外面。

「御花那邊由我設法處理。那孩子也是一時腦衝吧。出道作品突然亂成一團，她肯定很不安。因為那孩子特別膽小。」

是這樣嗎？

由美子雖然不這樣認為，但芽玖瑠大概看得到某些事情吧。

芽玖瑠輕輕搖頭，背向由美子。

「我要回去了。妳要是消沉夠了，也回去吧。」

「小玖瑠……」

「怎麼？」

「謝謝妳……」

由美子道謝後，她又嘆了口氣。

「畢竟這是工作。演唱會不成功的話，對我而言也很困擾。而且，妳那副樣子讓人整個感覺不舒服，我實在看不下去。僅此而已。」

這樣說完，芽玖瑠快步走出了課程室。

由美子目送她離開的背影，稍微打起了精神。

那位前輩真的總是把精神分給自己。

這份溫柔讓由美子十分開心，但她依然覺得自己很丟臉。

為了讓淚水流走，她低下了頭。

NOW ON AIR!! 第59回

「夕陽與！」

「夜澄的！」

「「高中生廣播！」」

「大家早安，我是夕暮夕陽。」

「大家早安～我是歌種夜澄。」

「這個節目是由碰巧就讀同一間高中，又剛好同班的我們兩人將教室的氛圍傳遞給各位聽眾的廣播節目。」

「是的。哎呀，立刻切入正題吧，我們前陣子去了校外教學喔。」

「的確是去了。」

「咦，夕也去了？在同一個時期？好巧——」

「我們不是同班嗎？明明剛剛才說『就讀同一間高中，又剛好同班的我們兩人』為什麼校外教學會分開啊。可以不要亂裝傻好嗎？」

「哎呀，就是啊。今天我想聊聊這個話題。」

「因為我們就為了聊校外教學，還特地分到同一組。」

「就是啊……我們在同一組，總是在一起，所以偶爾會有『這是在拍外景？』的錯覺，很辛苦呢。」

「跟普通的旅行不一樣，校外教學的行程都已經訂好了，更有那種感覺……因為移動時也是搭新幹線和公車，更像拍外景了……」

夕陽與夜澄的高中生廣播！

「夕還很自然地說『這個時間是不是很緊啊？』，班上的同學就問她『緊什麼？』。」

「當時真的好丟臉……感覺就像在裝自己是業界人士……」

「畢竟妳那時還面露難色嘛。啊，我們有給節目組買伴手禮。生八橋。」

「去了哪裡超明顯的呢。」

「總之就是這種感覺，開場閒聊結束後我們打算繼續聊校外教學——」

「是的。感覺能久違地活用一下這個節目的核心概念呢。」

「是啊——就是這樣，先結束開場閒聊的部分吧。那麼，大家今天也一起度過快樂的休息時間吧。」

……

「直到放學前，都不可以離開座位喔。」

to be continued……

「注意——等等要搭新幹線嘍～要記得準時上車喔～」

教師舉起手後，好幾個學生都以隨便的語氣回說「好——」。

每個學生都興高采烈，從剛才開始就笑容洋溢。

大家剛離開學校的時候情緒就已經很反常了，抵達新幹線的月臺之後這種狀況又進一步升級。

今天是校外教學。

出發日。

月臺上滿滿都是穿著學生服裝的學生。

由美子不禁心想，新幹線的月臺聚集這麼多人也算是很難得的景象呢。

「哎呀～好期待啊～！我本來就沒什麼搭新幹線～現在情緒超亢奮的耶～」

若菜搖晃著身體，看起來一臉開心。

充分表現了何謂喜不自禁這句話。

「由美子，妳平常就經常搭新幹線來著？」

「嗯？啊，算吧。像工作的活動之類的，搭的次數應該還滿多的。」

儘管由美子這樣回答，但她私底下很少搭新幹線。

像這樣穿著制服和同學一起搭也很新鮮。

若菜開心地看著路線圖，千佳則是愣愣地在旁邊。

由美子與千佳一起搭車移動過很多次，但作為學校的學生還是第一次。

她心想「新幹線差不多要來了吧」看著時鐘，隨後感覺到肩上有股重量。

是若菜把下巴靠在由美子的肩上。

她裝得十分雀躍，同時悄聲地說：

「怎麼啦，由美子？難得來校外教學，妳怎麼沒有精神啊？」

「若菜果然看得出來啊……」

由美子不希望讓身邊的人顧慮，所以一直裝得很有精神。

而若菜果然看穿了這點。

結果，她們與最先來搭話說「我們一起吧～」的三個女生同組。而那三個女生恐怕並沒有注意到。

能注意到的頂多只有交情深厚的若菜──或許還有千佳吧。

由美子遠離周圍的學生，向若菜吐露心聲。

「其實……工作出了很大的紕漏，所以我超沮喪的……不只是對自己，還給周圍的人也添了很多麻煩……」

她自己說著說著，感覺更加失落了。

她把錢放進自動販賣機，想把注意力從那種心情上移開。

她選了黑咖啡。

隨後，若菜也同樣將硬幣放入自動販賣機。

「哦……我覺得聽起來確實很糟糕，但妳現在消沉也沒用吧？現在就盡可能忘掉那件事，靠校外教學放鬆一下、振奮精神，等回去之後再挽回不就好了嗎？」

若菜買了咖啡歐蕾，對由美子淺淺一笑。

眼見那副笑容，由美子感覺自己獲得了些許救贖。

「是啊……我會這樣做的。一直失落下去也對不起大家。」

「沒錯沒錯。來享受一輩子一次的校外教學吧。我會在旁邊哄妳開心的，開心到忘記曾失落的事情喔。」

若菜開玩笑地做出了像跳舞的動作。

有願意對自己這樣說的朋友陪在身邊，真的很感激。

在這樣聊著聊著的時候，新幹線來了，她們跟其他學生一起搭上了車。

「這裡空著喔～！我和由美子還有小渡邊坐一起吧！由美子，妳坐中間！」

若菜有些興奮地指著三人座。

由美子苦笑著說「好好好」，並依言坐到座位上。

千佳也默默地坐在角落的座位。

「……有種不可思議的感覺呢。」

「是啊。」

兩人沒有眼神交流，有一句沒一句地交談。

由美子覺得現在的體驗非常貴重。

竟然和廣播節目的搭檔一起參加校外教學。

儘管旅行才剛剛開始，她就已經在腦海中整理能在廣播裡聊的事情了。

必須鄭重地感謝若菜才行。

「噯噯，小渡邊。」

而若菜正笑咪咪地找千佳說話。

「怎麼？」

「小渡邊，妳去過京都嗎？我自小學之後就沒去過呢？當時也是校外教學呢～」

「我……去過幾次。我在以京都為舞臺的作品裡出場，因為相關活動而去過。」

由美子心想「是那個吧」，腦海中頓時浮現作品的名稱。

若菜發出了「喔喔～」的感嘆聲。

「好意外，聲優也是會往各種地方跑呢。真好～能觀光嗎？或是吃好吃的之類？」

聽到這個問題，千佳嘆著氣回答。

「沒那麼好啦。如果是當天來回，行程就很匆忙，根本沒有餘裕……如果是演唱會就會

預先入住……提前一天住下，但那時也要考慮到體力而早點休息。晚飯也是隨便解決。」

「咦，我倒是經常出去耶。」

由美子自然而然地默默聽著，但此時忍不住插嘴了。

千佳疑惑地看向她。

「預先入住的時候啊。第二天演唱會。但妳依然會去吃晚飯嗎？」

千佳或許是以為由美子有什麼誤會，又再強調一次。

既然她說得那麼具體，由美子也很好回答。

「會去會去。因為難得大家一起來了，當然會想一起吃飯嘛。之後還會在房間裡面聊天。就像旅行一樣開心呢。啊，當然是會做好分寸，不至於影響到第二天啦。」

由美子這樣回答後，千佳眨了眨眼。

她咂了一下舌。

「又來了。我真的很討厭妳這種地方。」

「為什麼啊？」

真希望她不要莫名其妙地發脾氣。

由美子在感到傻眼的同時，打開剛才買的罐裝咖啡的拉環。

這時，她想起喝黑咖啡時的薄荷。

「……渡邊，妳要喝一口嗎？」

由美子向千佳遞出咖啡罐，千佳見狀頓時愣住。

她疑惑地來回看著罐子和由美子的臉。

接著小心翼翼地伸出手，同時開口：

「這吹的是什麼風……？嗯，這是黑咖啡？黑咖啡就算了。我不敢喝。」

「什麼？姊姊不敢喝黑咖啡嗎？」

「啥？又來了又來了。又開始妳最擅長的展示優越感了。能喝黑咖啡就很了不起嗎？不過就是個飲料的嗜好竟然還拿來擺架子，這種價值觀實在讓我羞到臉紅呢。」

「嗯。」

「喂，我不懂妳為什麼聽了後還會滿足耶。喂，什麼啦？」

「我只是在想，渡邊或許意外地成熟。」

「妳在耍我嗎？」

「我是在耍妳。」

「妳啊……」

千佳不悅地咂舌。

由美子只是單純覺得「渡邊果然還是渡邊啊」。

不久，千佳注意到若菜正在用溫馨的眼神看著自己，把頭撇向了一邊。

在一陣喧囂吵鬧之後，新幹線轉眼抵達了京都。

但是，並不會讓人興奮到大喊「是京都──！」。

若菜這樣，由美子也是如此，其實大部分學生在小學國中的學校活動都去過京都了。

就算沒有像千佳那麼常來，京都對她們也沒有那麼新奇。

而且第一天是坐公車移動，行程是逛清水寺、金閣寺以及銀閣寺等必去景點。

不過，只要感情好的朋友聚在一起，不管在哪都很開心。

無論在公車上還是在寺廟裡，她們都鬧得非常開心，校外教學就這樣繼續進行。

要說唯一令人在意的事情……

「……怎麼了，渡邊？」

「沒什麼啊？」

那就是她不時會感覺到千佳投以強烈的視線。

學生以小組為單位移動，所以由美子總是和千佳在一起，但她不知為何老是盯著這邊。

由美子跟其他人說話的時候，也一直盯著。

「小渡邊怎麼了？」

「不知道。渡邊的生態依然是充滿著謎團。」

「不過偶爾也會有像貓的時候。」

若菜也向由美子詢問原因，但不知道的事情就是不知道。

發生著這些事情，轉眼間一天即將結束。

今天她們要在鴨川附近的旅館過夜。

旅館本身沒什麼特別的。

然而，這才是校外教學的精髓所在。

說在旅館住宿是最為開心的瞬間也不為過。

「噯，我們去洗澡前要做點什麼嗎～？」

在旅館的一間房間，班上同學紛紛露出開心的笑容。

她們在大客廳吃完了晚餐，現在剛回到自己的房間。

房間是依照小組分配的，所以包含由美子、千佳、若菜在內的六個人住同一間房。

「現在就鋪棉被～？」

「太早了吧～至少等洗完澡之後吧？」

換上學校運動服的女生們正七嘴八舌地歡笑著。

接下來就等時間到去大浴場，再來就沒有其他事情要做。

但她們熱情高漲，就好像在說「接下來才是重頭戲！」。

畢竟是大家一起過夜。

情緒確實會很高昂。

「由美子～要吃零食嗎～？」

由美子正在用手機回訊息時，若菜把盒子遞了過來。

「嗯。謝謝……等等，這是生八橋嘛……這東西不該在旅館打開吧。」

「可是很好吃喔。」

「是很好吃沒錯。」

她把點心放到嘴裡，紅豆餡的甘甜與生奶油的味道同時擴散開來。

「而且，這個八橋的種類有點奇怪吧？」

「妳想要普通的？普通的放在那邊的桌上喔。現在大家正在吃著比較。」

由美子望去，發現有好幾個生八橋的盒子擺在桌上。

哪個好吃？這個挺好吃的。巧克力好吃。明明是草莓卻很普通。結果還是普通的最好吧？怎麼這麼說啊？回去。回東京去。我說了什麼會被責備的話嗎？

「竟然都打開了。都來京都了到底在做什麼啊？」

「應該說就是在京都才能這麼做吧？」

確實是這樣也說不定。

開心愉快的校外教學也即將入夜，大家奇怪的情緒更進一步昇華。

由美子也為了參與大家而站了起來。

「沒辦法。我也打開我的巧克力香蕉八橋吧。」

「由美子的也半斤八兩嘛。」

若菜開懷地笑著，由美子與她一起走向桌子。

但是，那裡只有三個人。

「咦？小渡邊呢？」

若菜歪了歪頭。

三個人嘴裡塞著八橋，猛然抬頭。

「她剛才好像悄悄地離開了房間。」

是有什麼要事嗎？

應該也不是覺得待在房間很尷尬吧。

無論是在教室還是在別的地方，她這種人就是能一個人待著。

「渡邊絕對喜歡這種事的說。」

由美子看向嬉戲吵鬧地評斷點心優劣的同學。

試吃哪個才是最好吃的八橋，千佳知道的話眼睛似乎會閃閃發光。

話雖如此，這個活動也沒有大到需要特地去叫她。

「抱歉，我也稍微出去一下～」

然而，由美子還是莫名在意起千佳，離開了房間。

儘管來到旅館的走廊，但由美子對千佳去哪完全沒有頭緒。

她甚至可能只是去辦點沒什麼大不了的事情，人已經回到了房間。

「算了……要是那樣也無所謂。」

由美子漫無目的地在走廊上移動。

在這裡的學生都靜不下來，享受著校外教學。

當然，由美子也在享受。

雖然是這樣。

「……我也許不該到走廊。」

她有氣無力地走著，這樣低喃。

和大家在一起的時候，她能勉強藏住心情。

但是當自己變成獨自一人，就會想起前幾天的事情。

在嚴重爭執的那天之後已經過了幾天，但事情依然沒有進展。

薄荷沒事吧？飾莉怎麼樣了？

自己還可以當隊長嗎？

這樣的想法閃過腦海，險些把她拖入黑暗的世界。

幾乎要把她帶回那個獨自哭泣的課程室。

「……渡邊在外面嗎？」

由美子自言自語，走出旅館。

外面已經是一片昏暗。

四周響起了河水的聲音以及車輛在遠處奔馳的聲音。

由美子心不在焉地走到河邊，但這一帶似乎沒有行人來往。

眼前呈現著一片寂靜的空間，也看不到什麼亮光。

她望著鴨川，走在暗夜之中。

接著她走了一小段路，看到前方有個人影。

在無人的河岸邊，有一個人影正在劇烈擺動。

戶外很暗，亮光並沒有照到河邊。

那個人影也是整個黑漆漆的。

但她一眼就看出那是千佳。

由美子彷彿被吸引般走近那個人影。

似乎有手機在放音樂，由美子靠近後便聽到了曲子。

不過，在曲子還沒傳到耳朵之前，由美子就透過舞步得知她在跳什麼舞。

只有月光隱隱約約地照耀著該處，幾乎只能看到漆黑的影子。

因為是手機的揚聲器，音質也沒那麼好。

然而，她那與河水聲一同舞動的身影卻美麗動人。

「……佐藤？」

由美子靠過去的聲音讓千佳注意到她了。

千佳頓時停下了舞蹈。

由美子對此有點抱歉，但還是回說：

「來校外教學也要自主練習？」

「沒什麼。就是突然想跳。我只是想稍微確認一下，才來簡單地活動身體而已。」

說著說著，千佳打算停掉手機的音樂。

由美子在那之前搶先開口。

「我也可以稍微跳一下嗎？」

千佳猛然停止動作，抬頭看向由美子。

「來校外教學也要自主練習？」

「沒什麼。就是突然想跳。我只是想稍微確認一下。」

兩人沒有再說什麼。

千佳不發一語地操作手機，將曲子返回開頭。

音樂不斷響起。

手機播放的曲子與河水的聲音混在一起，響徹於暗夜之中。

兩人的舞步聲也一起加入了其中。

跳了一輪之後，由美子與千佳一起坐在河邊。

千佳不斷喘著大氣，同時把帶來的寶特瓶湊到嘴邊。

她那白皙的喉嚨發出聲響。

「嗯。」

眼見千佳將寶特瓶遞給自己，由美子便接過來放到嘴裡。

溫潤的水消失在喉嚨深處。

由美子自然地發出「哈啊」一聲。

她把寶特瓶還給千佳，默默地注視著流動的河水。

河水反射著建築物漏出的亮光，配合水流變換著形狀。

分外皎潔的月光在河水上開了個大洞。

「妳們組合的事情，我聽說了。」

千佳的聲音傳入耳中。

由美子望向旁邊，發現千佳的視線朝著河川。

由美子也把視線移回河川，輕聲說了句「嗯」。

「妳聽說了多少？」

「也只聽說了個大概。細節不清楚。」

「這樣啊。」

對話很簡短。

該怎麼說呢——該說什麼呢？由美子不知道答案，頓時沉默下來。

下一刻，她感覺千佳正盯著自己的側臉。

由美子轉頭望去，兩人在黑暗中對視。

明明沒有亮光，由美子卻彷彿看到她頭髮底下的眼眸正在綻放著光芒。

「我可以問發生了什麼事嗎？」

聽到這句話，悶在胸口的那種感覺瞬間消失了。

這時，由美子總算注意到。

啊，自己——

是想跟千佳傾訴啊。

因為，這肯定也是她們兩個人的事情。

這件事也牽扯到她們兩個人的關係。

由美子斷斷續續地講了出來。

從薄荷的事情，到飾莉責備她只考慮輸贏的事情。

回過神來，她就好似要把堆積許久的東西全部宣洩出來那樣，一五一十地說了。

千佳聽了後不發一語，什麼也沒說。

所以，由美子進一步像是吐露心聲那樣，說出了自己的心情。

「我錯了嗎？」

由美子茫然地說道。

她有自己堅持的東西。

她有不想輸給千佳的念頭。

為此，她不顧一切拚命跑到了這裡。

卻也因此像那樣傷害到了別人。

所以，現在是不是該放棄、捨棄那些東西呢？

「也許錯了吧。」

她聽見千佳的聲音。

既然千佳這麼說，那就是這樣吧。

若是兩個人都有這種感覺，那也許就是這樣。

「但是，那又怎麼樣？」

千佳的話還沒有結束。

她一臉理所當然地繼續說下去。

「我認為，我們總是在犯錯。正因為我們錯了又錯，犯了無數次的錯，所以才會在這裡。我是這樣想的。」

千佳的雙眸直直地凝視著由美子。

她以極為緩慢的速度組織言語。

「再說，如果妳沒有犯錯——我就不會在這種地方跳舞了。」

「————」

沒錯。

視野會變狹窄，橫衝直撞，做出自以為是的事情，就是在那次直播。

之前她明明在偽裝自己扮演另一個角色，卻捨棄了那些，用原本的姿態向粉絲傾訴。

那一定是錯的。

但也正因為如此，千佳才會在這裡。

「妳難道想厚臉皮地說自己從沒犯過錯？妳全身上下都是錯誤啊。可是，就是因為我們兩個人一起走過了滿是錯誤的路，所以才有現在吧？」

因為兩個人一起走了過來。

不想輸，不想輸，總是一直這樣較勁。

心中的想法或許偶爾會出錯。

但也無法否定，那就是她們一直以來走過的道路。

「啊，是啊……」

回顧一下就會發現，這一路上落著許多念想。

「Phantom」也好，「瑪修娜小姐」也好，「紫色天空下」也好，高中生廣播也好。

這當中果然存在著自己對千佳的強烈念想。

「我們的路，一直都是在錯誤的前方啊。」

「……是啊。」

由美子總算理解了。

也許自己錯了。也許以前犯下了許多錯誤。

事到如今已經無法否定。

她抬頭仰望天空。

月亮在黑暗的夜空中發出微微的光芒。

她以前也曾像這樣，與千佳一起仰望夜空。

當時，千佳不曉得自己能不能繼續當聲優，被不安所支配。

在她旁邊的自己儘管帶著一種黯淡的心情，也依然把目光朝向甚至看不到腳邊的道路。

回顧之後，會發現都是錯誤。

今後要走的，依然是完全無法預測的道路。

即使如此，她們也決定要兩人一起走在泥濘之中。

「渡邊。」

「怎樣?」

「謝謝。」

「…………」

千佳沒有回話。

她只是微微睜大雙眼，注視著由美子。

由美子回望她的眼睛，將之前她說過的話原封不動地講了出來。

「『妳讓我覺得，這種時候有個人在身邊，其實還挺安心的』。」

「……………」

千佳頓時板起了一張臉。

這是不久前千佳跳進夜晚的大海之後說的話。

由於這句話讓由美子印象深刻，所以她想分享給千佳，不過千佳好像不是很喜歡。

她不悅地哼了一聲。

「這句話真不適合妳。」

「妳對我說的時候，我也想過同樣的事。」

「……又來了。我真的很討厭妳這種地方。」

聽到這句話，由美子不禁笑了。

她迅速挺起身子。

會像這樣開玩笑的理由，千佳肯定明白吧。

因為這個話題實在太過嚴肅，讓由美子有點害羞。

還有，她同時也在表示自己已經不要緊了。

「那也差不多該回旅館了……呃，嗯？」

口袋裡的手機在震動。

是若菜打來的電話。

『由美子，妳人在哪？已經到洗澡的時間了喔？快點回來吧。』

「糟糕。我忘了。」

由美子道謝之後掛斷電話，把手機向著千佳。

「渡邊，洗澡的時間要到了。不快點的話就要超過入浴時間了。」

「那可不妙呢。流了這麼多汗還不能洗澡，可不是鬧著玩的。」

千佳也站了起來。

兩人奔向旅館。

泡澡。要泡澡。

這已經是不知道第幾次和千佳一起泡澡。

不過，這次還有其他同學一起洗。

這樣一來，自然也會膽心起某件事。

「渡邊。為了以防萬一我先聲明喔，泡澡的時候千萬別盯著別人的裸體啊。」

「擔心什麼啊？妳好像誤以為我很喜歡看別人的裸體，可以不要這樣嗎？」

「不是，因為妳超喜歡的嘛。」

「求求妳不要隨便在那邊找碴。話說剛才那是什麼意思？難道妳想說『要看就看我的』？這是哪來的獨占欲？很可怕耶。」

「妳才是，別說些奇怪的話好嗎？這樣講得好像我是女變態一樣。」

「反正妳總是在讓人揉胸，也沒說錯吧。」

「這傢伙……明明自己以前還會用盡各種手段來揉我的……」

起初猶豫該不該去的校外教學也平安落幕了。

回來之後，由美子正常地完成工作，也有進行自主練習。

這段期間，她沒有見到組合的成員。

由於行程的關係，下一次組合練習日是那天的兩週後。

就這樣，三個人齊聚的日子到來了。

由美子打開課程室的門，便看到芽玖瑠和飾莉的身影。

訓練員還沒有來。

這是因為由美子事前聯絡了她們兩個說想稍微聊一下，麻煩她們早點過來。

「啊～小夜澄，好久不見～校外教學開心嗎？」

飾莉臉上掛著穩重的笑容，向由美子揮手。

她的態度平常得教人驚訝。

……這一定是她的提議。

如果由美子接受提議，選擇對一切視而不見，肯定會像沒發生過任何事那樣繼續下去。

可以當作什麼事都沒發生過。這就是飾莉的提議。

跟芽玖瑠談過之後，飾莉做出了這樣的選擇嗎？

說不定這樣也不錯。

現在就別翻舊帳，各自迴避這個問題，公事公辦完成工作。

這樣其實也能稱得上是成熟的對應。

但是，那樣就無法超越自己了。

害怕失敗，專注在防守上，這樣或許不會有損失，但得到的東西也很少。

如果不因八九十分而滿足，而是以一百二十分為目標，那就需要破壞煞車。

「抱歉，讓妳們兩個提早過來。因為我想稍微聊一下組合的事情。」

芽玖瑠的表情不為所動，但飾莉瞇起了眼睛。

啊，原來妳要把這件事說清楚啊。

由美子感覺聽到了這樣的聲音。

沒錯，自己不能閃躲這個問題。

「那個——」

由美子剛準備開口，這時門應聲打開。

距離訓練員過來應該還有一段時間。

由美子才剛開頭就被打斷，不禁回頭望去。

然而，站在那裡的是出乎意料的人。

那個女孩有著比組合裡任何一個成員都來得嬌小的身體，長相十分年幼。是薄荷。

「大家辛苦了。對不起，我一直沒辦法來。」

「咦、咦？小薄荷，怎麼了？我聽說妳今天還要休息……」

由美子是這樣被通知的，於是她困惑地詢問。

為了謹慎起見，薄荷起碼有一個月不會參加練習。

因為勉強自己而導致狀況惡化，無法參加演唱會，這種情形絕對是要避免的。

由美子覺得這個判斷很合理，但不知為何薄荷就站在那裡。

「我是來觀摩的。今天只是看而已。雖然腳已經不疼了。啊，我有好好取得許可喔。」

她一如往常那樣驕傲地挺著胸膛，走進課程室。

走起路來感覺很正常，確實是沒有問題。

但是，她會來觀摩就讓由美子覺得不對勁。

果然，薄荷接下來說出了有問題的發言。

「可是……嗯。今天有訓練員在，我會忍耐一下……但我差不多也該參加自主練習了。畢竟時間也不多。歌種小姐，我們再一起多多練習吧。」

由美子聞言，不禁與芽玖瑠和飾莉面面相覷。

她就覺得八成是這樣……

最先開口的人是芽玖瑠。

「小薄荷。不行，醫生交代妳至少要休息一個月吧。如果不乖乖休息，原本能好的傷也會好不了的。」

「因為我就已經沒事了嘛。已經好了。」

薄荷噘起嘴，用受過傷的右腳踹了地板。

「我會練習的。時間已經不多了。休息兩週我都不願意了，竟然還要休息一個月，別開玩笑了。我可以的。已經沒事了。所以我才會過來。」

她用固執的態度講著不明事理的話。

她大概也和家長及經紀人這樣要求過，但沒有成功，所以才來了這裡。

還撒謊說只是來觀摩的。

……從這點可以看出他們允許薄荷來觀摩的意圖。

由美子忍住了嘆息，義正詞嚴地告訴薄荷。

「小薄荷，妳今天就回去吧。最好也不要來觀摩。還有，和我做個約定。妳一定有在偷偷練習對吧？也不要練了。要是妳不好好休息，會給我們添麻煩的。」

就是這麼回事。

就算家長阻止，薄荷肯定也有在家自己練習。

他們允許薄荷觀摩，送她來這裡——

應該是希望組合的成員能好好地阻止無論怎麼說都說不聽的薄荷吧。

而當事人薄荷聽到由美子說的話，頓時睜大雙眼。

那表情就好像在表示「不敢相信」。

「妳、妳在說什麼啊，歌種小姐。我想要靠這份工作拿出成果！我只剩下這個了。就算腳壞掉也沒關係……！我以為如果是歌種小姐，應該能理解我的！」

薄荷露出像是在看著叛徒的眼神。

她肯定認為歌種夜澄與自己是同一類人。

自己是沒有退路的聲優，會不顧一切地往前衝。

儘管這沒有錯，但薄荷卻因此誤會了。

由美子確實沒有退路，但她也不是什麼亂來的行為都能照單全收。

「看吧。誰教妳慫恿她。結果就是這樣。」

冷淡的聲音響起。

由美子回頭望去，飾莉正面無表情地看著這邊。

她露出與當時相同的表情、相同的語氣，講出尖酸刻薄的話。

「因為無聊的堅持，才會讓人有所期待，深植奇怪的想法。又不是勉強自己就好——」

「不無聊喔。」

由美子打斷她的話。

飾莉好像還想說些什麼，皺起眉頭瞪向這邊。

由美子沒有別開視線。

上次被否定，被反駁得毫無招架之力。

但是，現在不一樣。

由美子已經準備好回答。

「小飾莉之前跟我說過的那些，我不打算否定。我沒有注意到小薄荷的不適，沒有當好隊長，視野也很狹窄。我認為自己錯了，必須為此反省。關於這點我要道歉。真的很對不起。」

由美子低下頭。

飾莉似乎沒有料到這樣的舉動，傳來了倒抽一口氣的聲音。

由美子抬起頭，看向她的眼睛。

不知為何，反而是飾莉尷尬地別開視線。

「御花。」

芽玖瑠的聲音微微響起。

隨後，飾莉終於看向了由美子。

由美子注視著她的眼睛，說出自己的想法。

「可是啊，小飾莉。即使如此，我也不認為懷有『不想輸』的想法是錯的。我雖然犯了很多錯誤，現在也是差點就誤入歧途，但是，我不會放棄跟那傢伙較勁。」

聽到這句話，飾莉的眼睛閃爍強烈的光芒。

她顯露敵意，瞪向由美子。

她彷彿突然發怒那樣，語氣變得很粗魯。

「那算什麼。妳什麼都沒學到嗎？妳較勁的結果就是現在這樣吧。都是因為那種情緒才讓妳犯下所有錯誤，這樣妳還要抓著它不放嗎？」

「不是的。我在犯了一次又一次的錯之後學習，所以才站在這裡的。」

這時，由美子望向芽玖瑠。

芽玖瑠也回望由美子。

從前，這個人在歌種夜澄犯錯的時候，告訴她那是錯的。

在芽玖瑠的守望下，由美子開口說道：

「我失敗過。失敗過無數次。老是在犯錯。跌倒的次數也比小飾莉想像的還多。我被發過脾氣，受過責備，也曾經差點崩潰。我也曾想過，跟夕互相競爭是不是錯的。可是……」

由美子繼續說下去。

「可是與此同時，我也是因為經歷過那些才會在這裡。無論是失敗還是錯誤，全都是我。犯過的錯是無法銷毀的。但是，我可以自己克服那些錯誤。」

她曾經想過。

萬一夕暮夕陽爆發陪睡嫌疑的時候，自己什麼都沒做。

如果自己只是默默地看著夕暮夕陽慢慢消失。

那樣「對於歌種夜澄而言」肯定是正確作法。

當時的選擇絕對稱不上正確，她也不會說那是正確的。正因犯了錯，她才會付出代價。

雖然是這樣沒錯。

但由美子覺得這樣也無所謂。

因為，相對地她會在自己身邊。

或許這是其他人無法理解的感情，由美子也不想用它正當化自己的錯誤。

聽到由美子說得如此直接，飾莉的表情顯得有些卻步。

但是，她立刻反駁。

「那是結果論吧。只是湊巧解決了而已。妳根本不知道這次的失敗和今後的失敗會有什麼影響。如果最開始的那一次就造成了無可挽回的致命傷怎麼辦？」

聽到這句話，由美子明白了。

明白了飾莉抱著什麼樣的想法。

「……小飾莉，妳大概是不想犯錯吧。我懂喔。想到犯錯之後可能會沒辦法再站起來，讓妳很害怕對吧。想著『絕不能摔倒』而死盯著地面的那種心情，我可以體會。」

「……唔。」

飾莉的反應很好懂。

她好像被說中了心事那般，瞪大雙眼。在露出不知所措的表情後，抿緊了嘴唇。

由美子覺得，自己總算明白芽玖瑠之前為什麼說飾莉「特別膽小」。

御花飾莉最害怕的就是犯錯。

她看到由美子她們，心裡說不定在想著「不想變成那樣」。

這就是她為什麼講話會偶爾有幾句帶刺的原因吧。

而且，在由美子的引導下，薄荷在前進的路上受挫了。

所以她現在才會像這樣表達內心的怒火。

由美子看向薄荷，薄荷不安地抬頭看著這邊。

接著她重新看向飾莉。

「雖然我犯的錯裡面沒有一件事是正確的，但我明白了一些道理。就算我跌倒了，只要有人伸出援手，我就能再站起來。只要有人牽著我的手，我就能站起來。我相信小飾莉會對我伸出援手。畢竟我們是夥伴嘛。」

「……………」

雖然她應該不會這樣就接受吧。

飾莉頓時不發一語。她只是默默地盯著由美子的眼睛。

由美子再次看向薄荷。

她配合視線的高度蹲下，這次和薄荷正面對視。

「那個，小薄荷。所以妳就放心吧。妳或許會覺得自己絆了一跤，但是沒關係。大家都會伸出援手。我會伸出援手。妳只要回握這隻手，就能再站起來。因為是跌倒了這麼多次的我說的，多少有點說服力吧。」

「歌種小姐……」

「而且，我不會讓妳說什麼站不起來。」

由美子起身。

她視線的前方是芽玖瑠與飾莉。

由美子看著她們，開口說道：

「小薄荷無法練習的份，就由我們來彌補。我們可以幫她的。因為我們是組合，當然要互相幫助。我說得對吧。」

由美子依序看向芽玖瑠、飾莉。

芽玖瑠跟平常一樣，很乾脆地回答：

「當然。不用歌種妳說。而且這次的事情也不是誰有錯。就算是再怎麼膽小的人，該跌倒的時候還是會跌倒的嘛。」

接著，她看向了飾莉。

飾莉一臉尷尬地回望芽玖瑠。

她跟芽玖瑠對視了半晌之後，很刻意地嘆了口大氣。

「我知道啦～反正已經發生的事情也沒必要再計較～……我也會稍微減少一些打工，多來自主練習。」

「小飾莉。」

「請不要誤會～我是因為柚日咲小姐跟我談過，想法才會有點改變而已。我覺得小夜澄的作法很有問題～」

飾莉說了些討厭的話，但沒有剛才那麼咄咄逼人。

想必是因為芽玖瑠曾經找她談過吧，但能聽到她這麼說，由美子還是感到很開心。

由美子將視線從可靠的兩人身上移開，重新望向薄荷。

「就是這樣，今天妳先回去吧，小薄荷。等腳完全好了之後，我們再一起參加課程。」

由美子摸了摸薄荷的頭，但薄荷低著頭。

接著，喃喃說出一句。

「……我是前輩喔。」

「我是隊長……這是隊長的請求，請妳聽話吧，薄荷前輩。」

薄荷抬起頭。

她看向由美子，看向芽玖瑠，看向飾莉。

她的表情當中，總是閃現著膽怯、不安以及恐懼之類的黑影。

從倒下的那個時候開始，令人畏懼的幻影就一直揮之不去。

然而，她現在像個孩子那樣噘起嘴唇——感覺那些黑影終於消失了。

薄荷就像是要甩開那些影子那般，挺起胸膛。

「我知道了！畢竟這是可愛的後輩兼隊長的請求。我很明理的，所以就聽妳的吧。」

「不過倒是會一直抱怨呢～」

「御花小姐！我聽到了喔！」

薄荷指向飾莉，飾莉對此笑了笑。

沉重的氣氛終於消散，笑容回來了。

就在這個時候，門打開了。

是訓練員。

「早安……咦，小薄荷？妳今天怎麼了？」

「是來打招呼的！我只是來幫後輩們打氣！現在就回去了！」

薄荷有些自暴自棄地如此大喊，同時與訓練員擦肩而過。

她就這樣重重踏步回去了。

由美子笑著目送她離開，隨後回頭看向兩人。

「來～練習了練習了。我們要連小薄荷的份一起努力才行。」

既然都跟薄荷誇下了海口。

她們就必須同心協力，克服這個錯誤。

後來，轉眼間就到演唱會的日子。

薄荷遵守了約定，在完全康復前徹底休息，沒有參加練習。

她在回歸後也沒有以前那麼亂來，但集中力更加專注。

或許是看到旁邊的飾莉如此認真，所以才會這樣的吧。

不知道是因為芽玖瑠對她說的話起了作用，還是她發自內心想幫助薄荷。

飾莉比任何人都要拚命努力地參與課程。

她開始積極地向周圍尋求建議，依靠她們，從這點也能感覺到她的變化。

看到她如此用心，由美子等人也受到影響，認為不能被她拋在後面而努力追趕。

然後——

「皇冠☆之星演唱會　『奎宿九』VS『河鼓二』」開演了。

歌種夜澄。

夕暮夕陽。

柚日咲芽玖瑠。

夜祭花火。

高橋結衣。

雙葉薄荷。

御花飾莉。

羽衣纏。

總共八人，配合著音樂跳上了舞臺。

她們身穿光鮮亮麗的衣裝，以輕快的腳步跑過。

光芒頓時充滿了寬敞的會場，照耀整個舞臺。

彩排時還空蕩蕩的觀眾席，如今已聚集許多人潮，發出歡呼。

散發出五顏六色的螢光棒正在不斷搖晃。

由美子等人看著那些光輝，將練習過數百次的舞蹈與歌聲傳達到整個舞臺。

歡呼震耳欲聾地傳到了臺上。

在由美子旁邊，薄荷正踏著輕快的舞步。

由美子本就面帶笑容，看到薄荷那副模樣，笑得更是開心。

彷彿沒有過一個月的休養般，薄荷精湛的舞步與悠揚的歌聲，傳到了會場最深的角落。

在薄荷旁邊，飾莉像是要與她較勁那樣大幅揮動著手臂。

由美子與後面的芽玖瑠四目相接。

她感覺芽玖瑠正在對著這邊笑，是自我意識過剩嗎？

由美子被光芒所包圍，感受到身體發燙，同時被幸福感所填滿。

「好，所以呢。已經請大家聽完第一首了。大家覺得如何呢——」

由美子向觀眾席發問，觀眾席立刻回以歡呼。

她瞥了一眼，看到薄荷、飾莉與纏都因為這股魄力而啞然失聲。

因為她們是第一次參加這種演唱會，會有這種反應也是無可厚非。

由美子因為塑膠女孩第一次登臺的時候，也露過同樣的表情。

成員們排成一排，此時由美子旁邊的千佳開口說道：

「這次演唱會的標題是『奎宿九』VS『河鼓二』，所以分成兩個組合。我擔任『河鼓二』的隊長。」

「我是『奎宿九』的隊長——我們也是分組進行課程之類的練習，經歷了很多辛苦的事情呢——因為大家完——全不聽我的話。」

隊長的這件事在官方也強調過。

關於這部分，就和製作人一開始說明的一樣。

由美子用開玩笑的感覺講完，芽玖瑠立刻做出反應。

「但小夜澄是個非常出色的隊長喔。為了讓大家和睦相處，還邀請我們參加祭典。還有……呃——……邀請我們……參加祭典……」

「喂。我還有做其他事情吧。說得我好像只是個超喜歡祭典的人一樣。」

就算聽到老套到不行的對話，觀眾也會捧腹大笑。

小小的玩笑就能讓觀眾笑出來，所以實在很感激這樣的機會。

薄荷和飾莉或許還是很緊張，遲遲沒有開口。

等她們稍微再放鬆一點，再把話題拋給她們吧。

現在能像這樣思考。薄荷順利地站在舞臺上。

這很令她開心。

「夕陽前輩也把隊長當得很好喔——！真的是很可靠的前輩，超級帥氣的！我一直受前

輩照顧，都不敢把腳朝著前輩睡！」（註：不把腳朝著對方睡是日本的禮貌，代表十分感激、尊敬對方）

「就算沒事也別把腳對著我好嗎？」

結衣精力充沛地露出笑容這樣說完，千佳立刻冷淡地回應。

結衣說的與其說是在講隊長，更像是在講「瑪修娜小姐」那次吧。

主演的結衣一時差點崩潰，但現在她能像這樣笑容滿面。

「我們也發生了很多事，真的很辛苦。希望到時候可以在廣播或其他場合告訴大家。」

千佳嘆著氣如此說道。

下一刻，花火舉起了手。

「發生了很多事，是指什麼啊——？是指小歌種與小夕暮以前發生過很多事嗎？」

「喂，等一下。這件事不能提吧。」

「妳在這裡說這個？是把體貼忘在家裡了嗎？」

兩人一起對花火這番話抗議，觀眾隨即發出了笑聲。

花火不發一語地做出「搞砸了☆」那樣的姿勢，笑聲變得更熱烈了。

這時，由美子注意到了。

啊，這個是故意的。

雖說算是半開玩笑，但由美子與千佳曾擔心過「說不定在觀眾前露面會收到噓聲」。

不安並沒有完全消失。

當時的事情，不會變成沒發生過。

並沒有被原諒。

但是——至少，現在，在這個地方。

唯獨觀眾席充滿笑聲的這個地方。

讓她覺得也許可以稍微忘記一會兒。

夜夜——觀眾喊道。

夕姬——聲音繼續喊下去。

由美子聽著這些吶喊，開口說道：

「確實發生了很多事！不過，那些都已經無所謂了……真是的……我說發生了很多事，是指課程之類的……」

在由美子接了花火的話、準備繼續主持的時候。

啊。

糟糕。

就流程來說，現在由美子要講與課程相關的話題，然後再轉向下一首曲子。

因為流程是這樣，所以由美子必須講話。

「啊——……不……真的……發生了，很多……很多事……」

觀眾溫暖的視線。這個溫柔的空間。

充滿了整個胸口。

難以忍受的衝動從胸口不斷攀升。

她突然感覺一陣鼻酸。視野緩緩扭曲。

她忍不住哈一聲呼出熱氣。

是花火的錯。

都怪花火講到那件事。

這不是會讓人——想起很多事情嗎？

發現在教室吵架的對象是廣播搭檔，嚇了一跳。

由於夕暮夕陽的陪睡嫌疑，在現場直播秀出了私底下的模樣。

賭上聲優活動去比賽，兩人一起對聚集到現場的粉絲大聲感謝。

在「Phantom」的後製錄音被批得體無完膚，後來獲得了千佳的幫助。

透過節目外景和來信，表達自己是如何看待對方。

兩人一起跳進夜晚的大海。

兩人一起——在廣播錄音間裡錄音。

種種回憶在腦海中翻湧。

「發生了……很多……」

聲音，受淚水浸染。

聲音，哽咽了。

啊……不行，不行。

在這種地方哭出來做什麼。

現在才剛開始而已。明明自己根本不想在別人面前哭。

即使如此她還是沒能忍住，淚水撲簌簌地流下。

「不……這個……不是的……不對……」

即使她這樣否定，依然止不住淚水。

明明自己並沒有獲得原諒，卻感覺得到了原諒。

回顧了自己走過的路。

什麼話都說不出來了。

熱淚接連不斷地湧出，她甚至忍不住嗚咽起來。

這時，有人用力把由美子的身體抱了過來。

手繞到了肩上，感覺到身旁有股溫暖的體溫。

是千佳。

她用力抱住由美子的肩，拿起麥克風。

「對不起喔。這個隊長有時候淚腺特別脆弱。大家幫她做一下演員哭出來的時候會做的

那個好嗎？」

千佳對觀眾這樣說完後，到處都傳來了吶喊。

「夜夜——！」

「加油——！」

這是演員在感慨萬分時的固定橋段。

但是，由美子本來還覺得自己不會這樣。

偏偏在開場就崩潰了。

這類事情很容易給人留下印象，所以很討厭的……！

加油——聽到那些聲音，鼻子深處更酸了。

她不禁發出嗚嗚的啜泣聲。

再這樣下去真的不妙。

所以，由美子拿起麥克風，強行大喊。

「吵死了——！要開始下一首曲子了——！」

她大聲吶喊完後，舞臺暗轉。

在黑暗中移動到站位時，千佳輕輕拍了拍由美子的肩膀，這讓由美子感覺很生氣。

「那再見嘍──────！今天謝謝大家──────！」

她們在熱烈的歡呼聲中揮著手，退到舞臺兩側。

接著喘著大氣，走向休息室。

雖說唱完了宣告的最後一首，但接下來還有安可曲。

觀眾席已經響起了安可的呼聲。

但是，接下來有各種關於「皇冠☆之星」的宣傳，會播放這次演唱會唯一的獨唱曲，所以可以稍微喘口氣。

進入休息室後，成員們齊聚在螢幕前面。

然而，只有千佳在等著由美子。

她站在入口旁邊，環起雙臂。

因為，彼此都有話要說。

「「我們這組氣氛更熱烈。」」

她們指向對方，說出完全相同的話。

千佳的眉毛微微動了一下，由美子的嘴角向下撇。

「妳在說什麼啊？沒看到『命運之刻』那麼熱烈？會場都在晃動喔？觀眾的情緒太過激動，讓大家都目瞪口呆了呢。」

「妳才是，沒看到『Legends Prologue』打call跟互動有多激烈？聲壓太驚人了，我還以

為要被震飛了呢。還是說妳一直哭喪著臉，所以沒看到？」

「我、我哪有哭喪著臉～……我們這邊觀眾的聲音也很厲害啊。厲害到薄荷前輩的身體都有點浮起來了。」

「才沒有浮起來。可以不要把我牽扯進奇怪的爭吵，還隨便讓人浮起來嗎？」

「這種事情有必要現在討論嗎～？廣播時再聊不就好了～？」

「是啊～小歌種還有小夕暮，妳們晚點再吵吧～先看著吧，待會兒厲害的就要來了。」

芽玖瑠已經準備好了。

「前輩——！現在就先看螢幕吧——！」

正當兩人爭吵的時候，聚集在螢幕前的成員們接連提出意見。

確實，現在或許不是爭這個的時候。

勝負先暫時擺到一邊，千佳與由美子也加入螢幕前面的其他人。

螢幕上映出了舞臺。

會場內有攝影機，演員可以從這裡確認舞臺的狀況。

空無一人的舞臺，昏暗的大螢幕，持續吶喊著安可的觀眾。

這樣的景象持續了一段時間，但此時突然暗轉。

「哦——！」觀眾的聲音傳來。

但是，開始的並不是安可，而是宣傳。

大螢幕上顯示出「皇冠☆之星」的情報。遊戲情報、動畫的消息以及活動的細節之類，包括已經公開的情報在內接連不斷地播放。

觀眾屢屢做出反應，但無論哪個都不是什麼大新聞。

沒辦法讓氣氛更加熱烈。

但是，這時一個首次出現的重大情報開始播放。

「九月演唱會，參加陣容確定！」

現場響起歡呼聲。

九月舉辦演唱會的情報已經發表過了，但參加陣容的細節並沒有公開。

由於誰會參加演唱會，又有誰不參加是重要的情報，所以現場氣氛非常熱絡。

角色的插畫、名字以及聲優的名字閃著光出現在大螢幕上，接連公布陣容。

「海野玲音　CV：歌種夜澄」

顯示出這段後，立刻響起「夜夜——！」的歡呼聲。

大螢幕上以流暢的節奏介紹著各個成員，每次都會響起歡呼聲。在場的八個人也都會參加九月的演唱會。

然而，把排場弄得這麼氣派有理由的。

螢幕再次暗轉。而且，這次連音樂都停下來了。

由美子嚥了一口口水，心想「要來了」。

下一瞬間，文字隨著豪邁的效果音大大地顯示在上面。

「還有——」

「究極偶像——艾蕾諾亞．帕卡參戰！」

另一個新成員的名字占滿了整個螢幕。

「艾蕾諾亞．帕卡　CV：櫻並木乙女」

插畫與名字出現的瞬間，驚人的歡呼聲覆蓋了會場。

只是決定櫻並木乙女參加演唱會，觀眾就變得如此狂熱。

在這股熱度尚未冷卻的時候，緊接著也公布了演唱會的標題。

「皇冠☆之星演唱會　『獵戶座』VS『貫索四』」

如同這一次採用了「奎宿九」VS「河鼓二」的形式，下一次演唱會也會是兩個組合之間的對決。

「獵戶座」和「貫索四」是在動畫中也有提及的組合，氣氛更是熱烈。

而櫻並木乙女飾演的艾蕾諾亞．帕卡是「貫索四」的成員。

艾蕾諾亞並沒有加入「奎宿九」或是「河鼓二」。

七月的演唱會之所以是「奎宿九」和「河鼓二」，想必也是出於乙女行程上的考量吧。

而氣氛接下來才要熱鬧起來。

艾蕾諾亞・帕卡的獨唱曲前奏開始播放。

觀眾似乎覺得不過只是舞臺效果，但並非如此。

歌聲響起。

這時，觀眾似乎終於注意到了。

舞臺的正中央站著一位女性。

「大家——！我來嘍——！」

她如此吶喊的瞬間，會場毋庸置疑地震撼了起來。

驚人無比的巨大歡呼。非比尋常的興奮漩渦甚至讓人感覺發生了地鳴。

隔著螢幕也能感受到空氣在震動。

驚喜登臺的，是飾演艾蕾諾亞的櫻並木乙女本人。

她這次參戰只有一首獨唱曲，但觀眾整個欣喜若狂。

這不禁讓由美子心想，還有人記得這是她們的演唱會嗎？

「雖說是驚喜……竟然有這麼大的差距……？」

旁邊的千佳也啞然地如此低喃。

由美子肯定也露出了類似的表情。

畢竟這件事也並非事不關己。

若是平常的話，她會喊著「不愧是姊姊——！」

但現在她完全沒有這個餘裕。

芽玖瑠、花火與結衣三個人悠哉地看著螢幕。

其他成員卻是心情複雜。

櫻並木乙女如果站在自己這邊會十分可靠。

若是敵人——將會是個無比可怕的威脅。

由美子之所以像這樣感到戰慄，關鍵在於九月演唱會的組合陣容。

「獵戶座」……歌種夜澄、夕暮夕陽、雙葉薄荷、御花飾莉、羽衣纏。

「貫索四」……櫻並木乙女、柚日咲芽玖瑠、夜祭花火、高橋結衣。

下次演唱會是「獵戶座」ＶＳ「貫索四」。

她們必須要以這個陣容挑戰乙女等人的組合。

高橋結衣是才能的結晶。柚日咲芽玖瑠與夜祭花火經驗豐富，擁有無可比擬的聊天技能。

而且，櫻並木乙女作為一名人氣聲優有著穩固的地位。她們要面對這樣的組合。

當然，演唱會決鬥只是形式上的東西，並不會實際分出輸贏。

這次的演唱會也是，拘泥於結果的人只有由美子和千佳。

然而——

這是因為兩個組合平分秋色。

兩邊應該都炒熱了氣氛，這樣想就行了。

但是——再這樣下去很不妙。

如果氣氛的熱烈程度有明顯差距的話，會很糟糕。

由美子等人的「獵戶座」會不會化為櫻並木乙女率領的「貫索四」的附屬品，淪為墊場節目呢？

會不會明明打著「獵戶座」ＶＳ「貫索四」的名號，兩者卻完全不在同一個級別呢？

為了避免這種狀況——

她們必須要以這個陣容和乙女等人的組合較勁。

「佐藤。」

「嗯……」

聽到千佳向自己搭話，由美子點了頭。

在螢幕上面，乙女正處於今天最熱烈的喝彩之中，面帶笑容揮著手。

NOW ON AIR!! 第63回

「夕陽與！」

「夜澄的！」

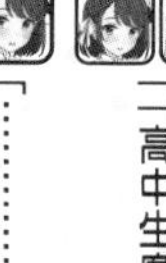

「「高中生廣播！」」

「……………大家早安，我是夕暮夕陽……」

「大家早安～我是歌種夜澄。」

「……這個節目是由碰巧就讀同一間高中，又剛好同班的我們兩人將教室的氛圍傳遞給各位聽眾的廣播節目。」

「好的！就是這樣，高中生廣播開始了！主持人是大家熟悉的小夜！」

「太快了啦。」

「太快？小夕，什麼太快？啊！小夕的語氣？好像確實比平常還要快一點！」

「我說太快，指的是妳掩飾害羞的速度，還有切換成小夜的時間點。哪有人在開場白就逃跑的。」

「咦～？掩飾害羞指什麼？夜澄我不明白呢～！」

「……呃——我想已經有人察覺到了，前幾天舉辦了『皇冠☆之星』的演唱會。也有幾封關於演唱會感想的來信寄到了這邊的廣播。」

「不過夜澄我覺得，既然作品本身就有廣播節目，感想來信應該寄到那邊呢！」

「這種事聽眾也知道吧。來信全是關於我和夜的，這次採用的來信也只提到一小部分的內容。」

「是這樣啊！小夕，妳是不是換了眼鏡？」

夕陽與夜澄的高中生廣播！

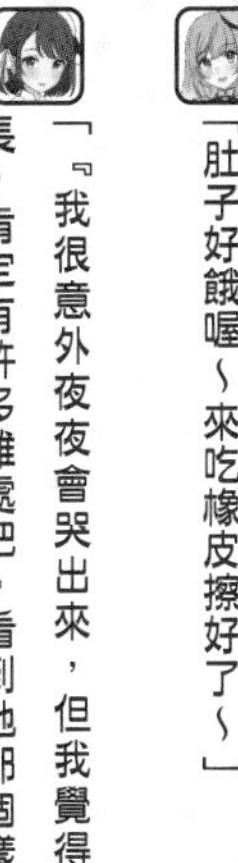

「我本來就沒戴啊。妳扯開話題的方式太隨便了。呃——那就趕快來讀一封。來自『產地直銷的大猩猩』同學。『我去看「皇冠」的演唱會了！看到夜夜開幕時哭出來，我也忍不住流淚了』。」

「肚子好餓喔～來吃橡皮擦好了～」

「『我很意外夜夜會哭出來，但我覺得既然是隊長，肯定有許多難處吧。看到她那個樣子，我也止不住淚水了。夜夜，妳很努力了！』……就是這樣。」

「是啊～夜澄也想玩滴醬汁的競速比賽呢～」

「來信寫著感到意外，但她其實還滿常哭的。這個人的淚腺意外脆弱。」

「……呼——……」

「怎麼？終於回來了？不扮小夜了？可以讀下一封了嗎？」

「好的！要讀下一封來信了！『人生總是第一封信』同學。『「皇冠」的演唱會非常精彩！尤其是夜夜哭的時候，我的淚腺也差點撐不住了！』。」

「……？」

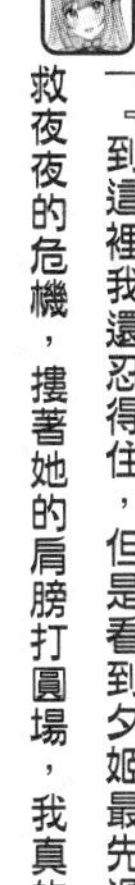

「『到這裡我還忍得住，但是看到夕姬最先過去解救夜夜的危機，摟著她的肩膀打圓場，我真的不行了！淚腺一口氣潰堤了！』。」

「啊。」

「像這種時候果然就會表現出拍檔的愛呢！我最喜歡在危急時刻互相幫助的兩位！』……他這麼說喔！哎呀～真棒呢～！」

Next Page!

「是、是啊……嗯……」

「其實我覺得夜澄真的非常開心！搭檔這種存在啊，果然就是會趕到自己身邊呢，讓人感到安心。她應該也很感激對方來打圓場吧～」

「啊、啊，是、是嗎……」

「果然很可靠呢～！喜悅和感謝混雜在一起，好像讓人哭得更厲害了（笑）她心裡一定是想著，得救了，謝謝！」

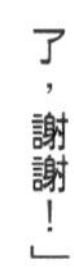
「…………」

「小夕？」

「……嗯～？小夜，怎麼啦～？我說了什麼奇怪的話嗎～？」

• •

「不會，沒有喔！我們就照這樣一口氣講一講吧！」

「是啊～對不起～今天可能一直是我們出場～」

「偶爾有這麼一回也不錯呢～！雖然這麼說有點那個，不過來信的內容啊，這樣是不行的呢！」

「不、不可以喔，小夜～難得聽眾都來信了～呃，我準備照著這種感覺來讀感想來信，另外還有下次演唱會，這部分也請各位敬請期待～」

「是啊！下次演唱會是九月！『皇冠』還會繼續熱鬧下去！請各位多多支持！」

「請多支持～下次啊，小夜與小夕竟然在同一個組合呢～各位粉絲一定要追喔～」

「這次或許是小夕哭呢！（笑）」

夕陽與夜澄的高中生廣播！

「要是那樣，小夜會來幫我嗎～？」

「當然啦！妳是重要的搭檔嘛！」

「真是的～我最喜歡小夜了！」

「夜澄我也最喜歡小夕喔！」

「唔唔……」

「……喂，別嗆到啊。」

……………………………………

夕陽與夜澄的高中生廣播！

YUHI to YASUMI no KOUKOUSEI RADIO!

to be continued!!!!

後記

好久不見，我是二月公。

事不宜遲，我可以先報告一件事嗎……！

《聲優廣播的幕前幕後》的有聲書發售了！耶——！

所謂有聲書，是聽朗讀者朗讀書本的聲音內容，也就是所謂的聽書。

有很多是朗讀一整本，這聽了會讓人有點懷疑是真的還假的呢。

我首先想到的是「朗讀一整本！這樣聲優的負擔是不是太大了！」。

實際上，我也聽聲優在廣播上說過類似「之前有個有聲書的工作。要朗讀整本書，真的很辛苦呢～」的這種事情。

那當然會很辛苦啊～……我雖然這樣想，但也十分憧憬能讓人整本朗讀自己的書。因為那樣會非常榮幸呢。

我一直在夢想著，要是能推出就好了～！而這次終於實現了！

而且會確定發售到第四集，負責朗讀的聲優，居然是！

第一集、第三集是豐田萌繪小姐！

聲優廣播的幕前幕後

第二集、第四集是伊藤美來小姐！這樣！是在《聲優廣播的幕前幕後》的廣告和聯動企畫中飾演渡邊千佳以及佐藤由美子的兩位！

哎呀，確定這件事的時候我超開心的。實在感激不盡。

再加上以前聯動過的超！A&G＋播放的「Pyxisの夜空の下 de Meeting」的節目裡，也以由美子與千佳、夕陽與夜澄這兩組的短劇形式進行了宣傳！

之前的後記裡面也寫過，我就只是個徹頭徹尾的Pyxis聽眾，所以《聲優廣播的幕前幕後》能像這樣再次與Pyxis合作，我真的開心得不得了。

真的，對許多人都是感激不盡！

《聲優廣播的幕前幕後》有聲書正由ListenGo - リスンゴ - 好評發售第一集！請多多支持～！

我真的受到身邊大家的眷顧，每天都過著充滿感激的日子。

さばみぞれ老師繪製了華麗且可愛的插畫。這次還設計了舞臺服裝，我想應該很辛苦……！感謝您一直以來的照顧……！

還有，與這部作品相關的許多人士，給予支持的大家，一直以來真的非常感謝各位！希望今後也能獲得各位的支持……！

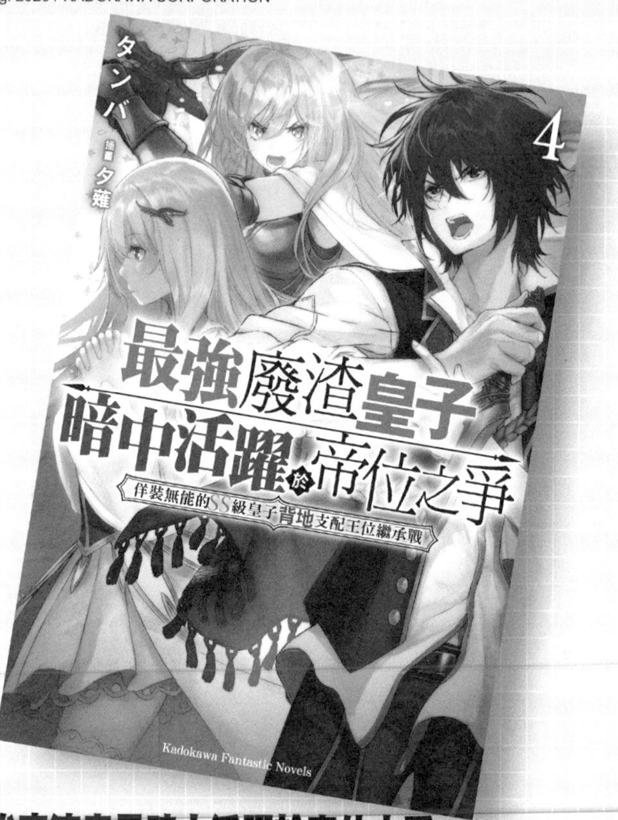

最強廢渣皇子暗中活躍於帝位之爭

伴裝無能的SS級皇子背地支配王位繼承戰 1~4 待續

作者：タンバ　插畫：夕薙

最強皇子暗中盡展長才的奇幻作品，
於誓言下揭開第四幕！

角逐帝位的第三皇子戈頓與第二皇女珊翠菈兩派勢力之間，圍繞著一封可替內亂作證的「密函」展開爭奪戰。為防止鬥爭愈演愈烈，艾諾決定出手誅討內亂的主謀，賭上了自身性命，要在曾為義叛主而遭受排斥的「傷痕騎士（Narbe Ritter）」面前表現出決心！

各 **NT$200~260/HK$67~87**

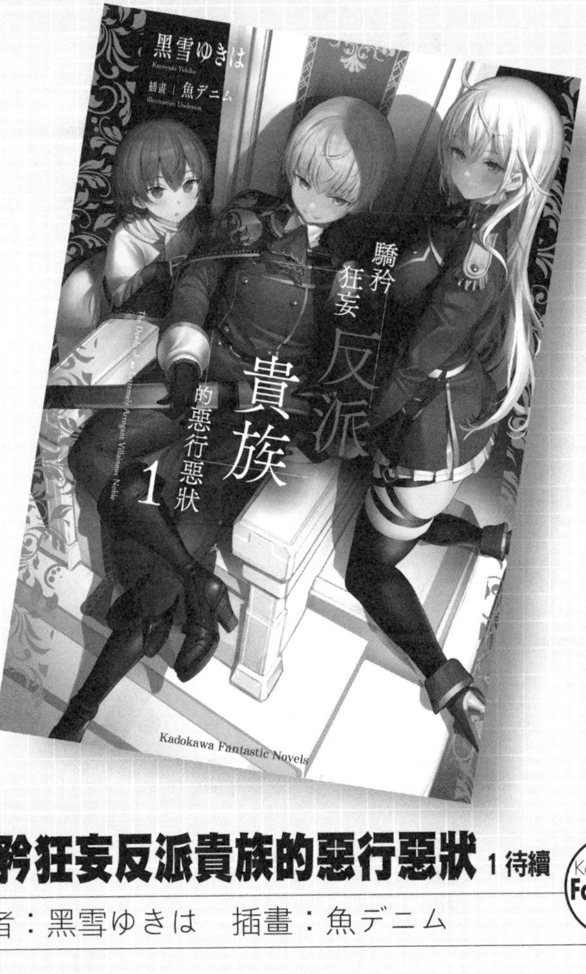

驕矜狂妄反派貴族的惡行惡狀 1 待續

作者：黑雪ゆきは　插畫：魚デニム

迴避自負導致的毀滅結局吧——
運用「壓倒性的才能」開創命運！

我轉生成了奇幻小說的反派貴族——盧克·威薩利亞·吉爾伯特，是陶醉於自身怪物般的才能，最終被自己輕視的主角打敗的「配角」。為了迴避「毀滅結局」……只能放下自負開始努力！原先注定毀滅的反派認真起來，原作的故事將澈底脫軌！

NT$240/HK$80

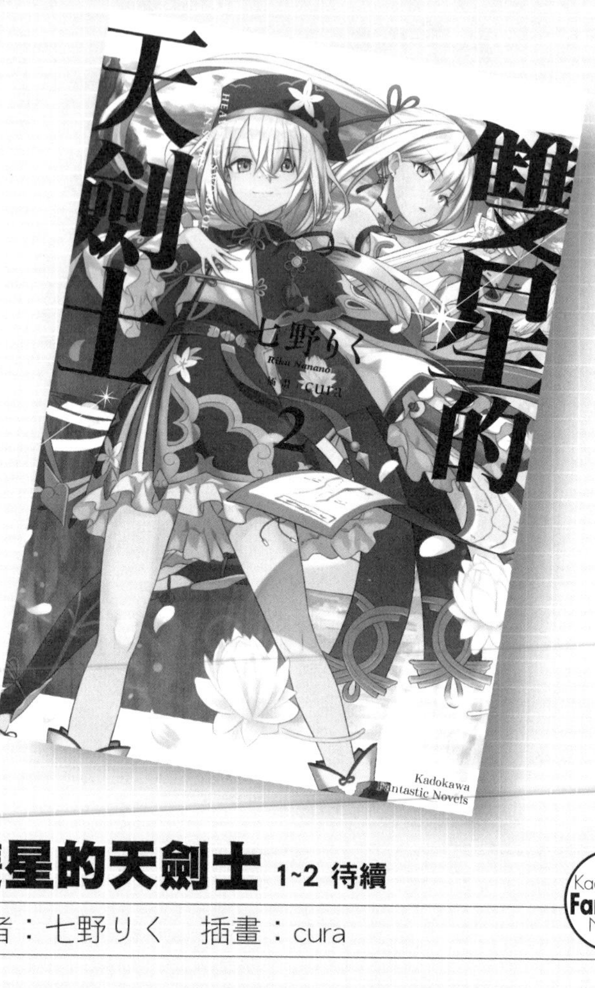

雙星的天劍士 1~2 待續

作者：七野りく　插畫：cura

轉生英雄與美少女們藉著武術在戰亂時代
闖蕩天下的古風奇幻故事，第二幕！

我與白玲成功擋下玄帝國的入侵。然而原本的友邦「西冬」現今成了敵人。目前最需要的是能夠擬定戰術和戰略的軍師。此時一名自稱仙娘的女子——瑠璃忽然現身。先前找出「天劍」的她雖然厭惡戰爭，卻在隻影等人攻打西冬時提供了驚為天人的戰術！

各 **NT$260/HK$87**

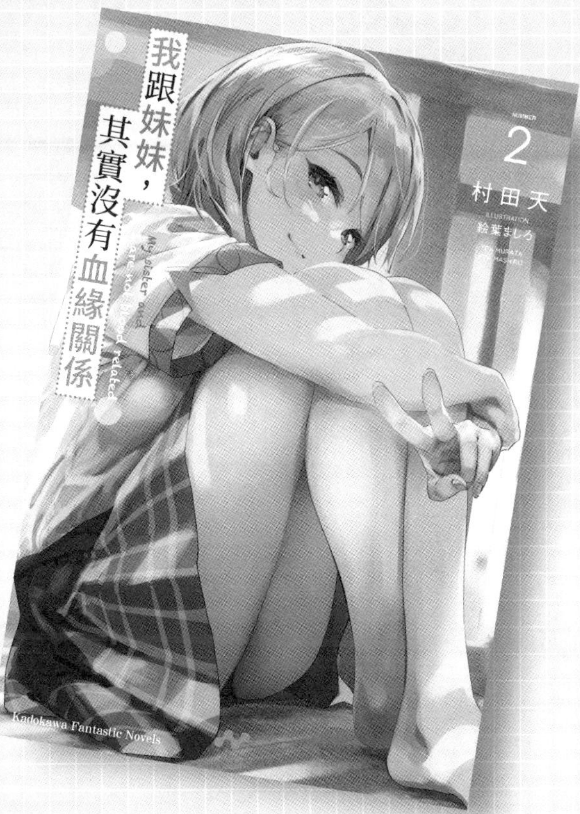

我跟妹妹，其實沒有血緣關係 1~2 待續

作者：村田天　插畫：絵葉ましろ

祕密的潰決將我與兄控妹妹之間的關係
帶往更深沉的境地——

　　夏天到來。家人間感情融洽的入鹿家，也有許多夏日活動隨之而來。什麼，爸媽面臨離婚危機？我跟久留里還有四葉組成新的家庭？然而在這些活動及騷動當中，感覺會比平常還更加歡騰或是更加消沉的妹妹久留里，看起來不太對勁。

各 NT$240/HK$80

我當備胎女友也沒關係。 1~5 待續

作者：西 条陽　插畫：Re岳

處在對過去的悔恨以及嶄新的戀情夾縫間
搖擺不定的大學生篇揭開序幕！

在那之後過了兩年。我逃跑似的就讀京都的大學過著壓抑的生活。但是，在遠野晶和宮前栞兩個女孩，以及願意接受我這種人的朋友幫助下，日子逐漸變得多采多姿。希望這個舒適的男女團體能夠永遠持續下去，這次我絕對不會陷入愛情之中……

各 NT$240~270/HK$80~90

判處勇者刑
懲罰勇者9004隊刑務紀錄
2
ロケット商會
插畫 めふぃすと
Kadokawa Fantastic Novels

判處勇者刑 懲罰勇者9004隊刑務紀錄 1~2 待續

作者：ロケット商會　插畫：めふぃすと

極惡勇者部隊集結完成！
深入越發激烈的鬥爭與陰謀的漩渦……

討伐了魔王伊布力斯後，懲罰勇者部隊成功守下了謬利特要塞。但平穩的生活並未來臨。不知為何以「劍之女神」泰奧莉塔為目標的暗殺教團、混在人類當中的魔王斯普利坎等等，大量敵人阻擋在賽羅等人面前，最後更發展成毀壞整座城市的大亂鬥──！

各 **NT$280/HK$93**

Lycoris Recoil 莉可麗絲 Ordinary days

Kadokawa Fantastic Novels

作者：アサウラ　插畫：いみぎむる　原案・監修：Spider Lily

由招牌店員錦木千束＆井之上瀧奈共同交織
電視動畫裡見不到的咖啡廳日常風景——

在能夠遙望遭到破壞的舊電波塔的東京東側，有間既時尚又美味的咖啡廳——LycoReco咖啡廳。美味的甜品、槍戰、遊戲、懷舊連續劇、喪屍、怪獸，以及公路電影……還有些微的愛？當然也少不了咖啡和助人！彼此的關係也一天一天愈來愈深厚——

NT$250/HK$83

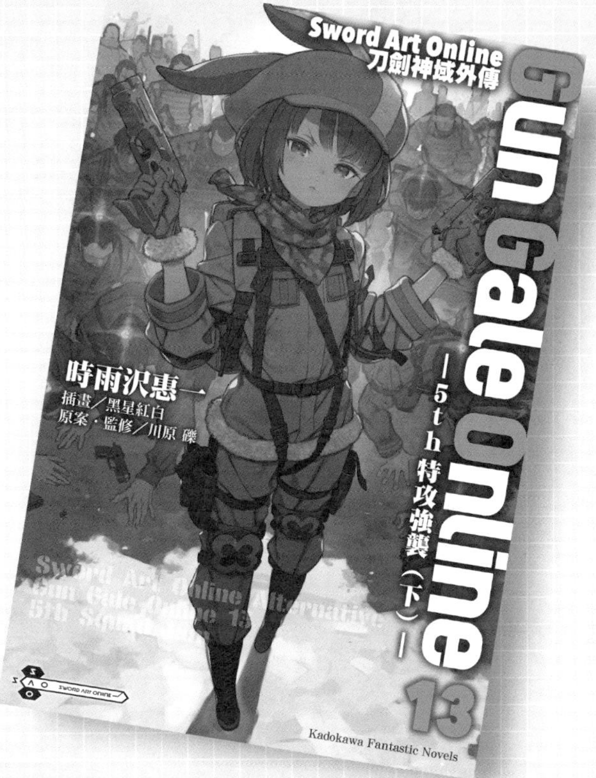

刀劍神域外傳GGO 1~13 待續

Kadokawa Fantastic Novels

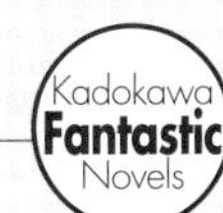

作者：時雨沢惠一　插畫：黑星紅白

在決勝負的時刻迫近當中，
玩家看到的是新追加的特殊規則……

蓮被懸賞了1億點數賞金的第五屆Squad Jam大賽。被丟進濃霧裡的蓮即使受到其他參賽者執拗的追殺，總算還是跟不可次郎等人會合了。但是開賽後經過一個小時，戰場突然開始崩塌。蓮等人好不容易逃過崩塌，Pitohui卻因為夏莉發射的開花彈而死亡。

各 NT$220~350/HK$73~117

其實是繼妹。
～總覺得剛來的繼弟很黏我～ 1~5 待續

作者：白井ムク　插畫：千種みのり

「學長，要去游泳池嘍！一起紓壓吧！」
戲劇社社長西山提出一個大活動！

我們戲劇社的成員決定一起去水上樂園。連選泳裝都要問過我的意見，不管是以兄妹的身分，還是戲劇社成員的身分，我都開心不已，卻也忙得不可開交！在新的邂逅和騷動中，我和晶的感情愈來愈緊密。本集也請各位對焦在可愛又比任何人都努力的晶身上！

各 **NT$250~270/HK$83~90**

魔導具師妲莉亞永不妥協

～從今天開始的自由職人生活～ 1~4 待續

作者：甘岸久弥　插畫：景

妲莉亞的魔導具生活邁向新里程！
波瀾壯闊的創造物語第四集揭幕！

女魔導具師妲莉亞成立商會後，仍持續從事自己喜愛的魔導具開發工作。妲莉亞的羅塞堤商會開始出貨給魔物討伐部隊，以驚人速度躋身王城合作業者之列。為了改善騎士們遠征時的用餐品質，妲莉亞更加全力以赴。然而貴族對她的態度不盡然都是善意——

各 **NT$240~280/HK$80~93**

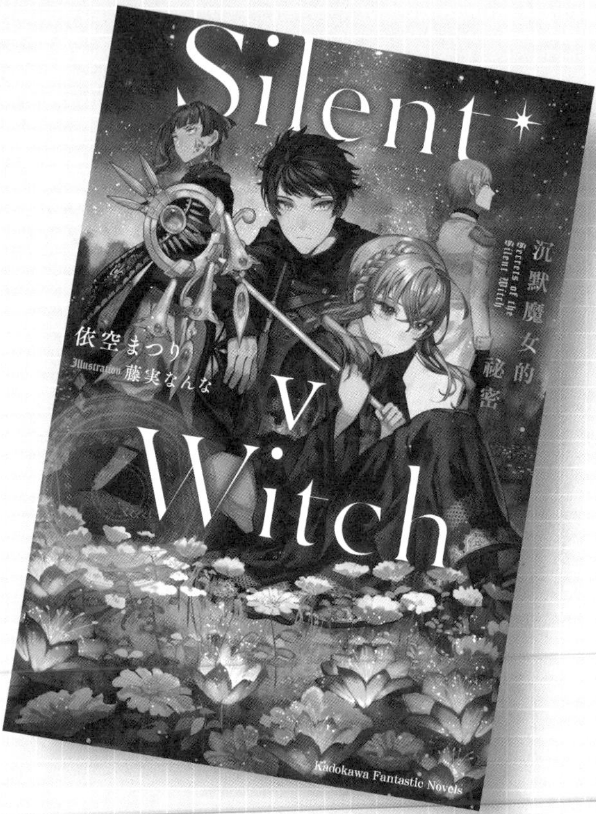

Silent Witch 1~5 待續

作者：依空まつり　插畫：藤実なんな

第二王子與鄰國進行外交談判
〈沉默魔女〉竟被官方指派擔任護衛！

學園開始放寒假。當然，極祕任務也能暫時喘口氣——莫妮卡才剛這麼想，就被官方指派了新任務，要在第二王子與鄰國進行外交談判的期間，以〈沉默魔女〉的身分正式擔任護衛。萬一〈沉默魔女〉與學生會會計是同個人物的真相曝光就糟了！

各 **NT$220~280/HK$73~93**

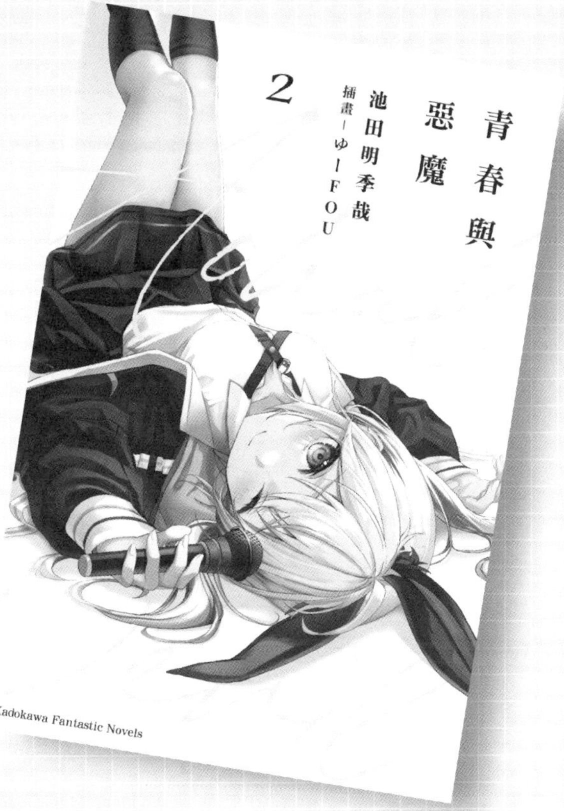

青春與惡魔 1~2 待續

Kadokawa Fantastic Novels

作者：池田明季哉　插畫：ゆーFOU

倘若懷抱絕對無法實現的願望……
真的還有辦法驅除惡魔嗎？

某天，突然不來學校上課的三雨向有葉商量起心事。當她脫掉帽子後，蹦出來的——竟是一對長長的兔子耳朵？為了驅除附身在三雨身上的惡魔，有葉與她一同行動，並得知她藏在心底的心意。與此同時，衣緒花和有葉之間也產生了若有似無的隔閡——

各 **NT$220~240/HK$73~80**

國家圖書館出版品預行編目資料

聲優廣播的幕前幕後. 6, 夕陽與夜澄想要長大?/二月公作；陳柏伸譯. -- 初版. -- 臺北市：臺灣角川股份有限公司, 2024.03

面；　公分. -- (Kadokawa fantastic novels)

譯自：声優ラジオのウラオモテ. 6, 夕陽とやすみは大きくなりたい?

ISBN 978-626-378-638-7(平裝)

861.57　　113000361

Kadokawa
Fantastic
Novels

聲優廣播的幕前幕後 6
夕陽與夜澄想要長大？

（原著名：声優ラジオのウラオモテ #06 夕陽とやすみは大きくなりたい?）

2024年3月25日　初版第1刷發行

作　　者：二月公
插　　畫：さばみぞれ
譯　　者：陳柏伸

發 行 人：台灣角川股份有限公司
總　　監：呂慧君
總 編 輯：蔡佩芬
副總編輯：朱哲成
主　　編：林秀儒
設計指導：陳晞叡
美術設計：吳佳昫
印　　務：李明修（主任）、張加恩（主任）、張凱棋

發 行 所：台灣角川股份有限公司
地　　址：104台北市中山區松江路223號3樓
電　　話：（02）2515-3000
傳　　真：（02）2515-0033
網　　址：www.kadokawa.com.tw
劃撥帳戶：台灣角川股份有限公司
劃撥帳號：19487412
法律顧問：有澤法律事務所
製　　版：巨茂科技印刷有限公司
ＩＳＢＮ：978-626-378-638-7

SEIYU RADIO NO URAOMOTE #6 YUHI TO YASUMI WA OKIKU NARITAI?

Edited by 電擊文庫
First published in Japan in 2021 by KADOKAWA CORPORATION, Tokyo.
Complex Chinese translation rights arranged with KADOKAWA CORPORATION, Tokyo.